어느 겁쟁이 목사의
공황장애 일기

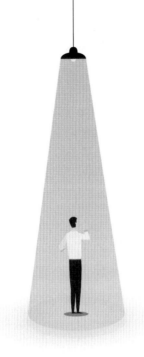

우 리 는 혼 자 가 아 니 니 까 요

어느 겁쟁이 목사의
공황장애 일기

—————— 김대완 지음 ——————

공황장애, 폐소공포증, 비행공포증, 우울증, 범불안장애, 죽음에 대한 두려움

좋은땅

Contents

1. 어느 겁쟁이의 이야기

2. 그 녀석과의 첫 만남
(#공황장애 #건강염려증)

7. 위대한 걸작은 작은 점 하나에서 시작한다
(#우울증 #자존감 #인생의 실패를 경험했을 때)

8. 우리의 아픔으로 서로를 위로할 수 있다
(#동병상련 #연약함 #주님께서 우리를 이해하신다)

어려서부터 우리는 불안에 대해 부정적으로 배워 왔다. 심하게는 인간이 가지지 말아야 할 것, 더 나아가 불안을 느끼고 말하는 이들에 대해 겁쟁이라는 칭호를 붙이며 조롱하기도 했다. 하지만 긍정심리학의 창시자로 불리는 마틴 셀리그만(Martin E. P. Seligman) 박사는 불안에 대해 부정적으로만 말하지 않는다. 그는 불안이란 마치 자동차 계기판의 깜빡대는 연료 부족등과 같이 우리에게 닥칠 위험에 대해 우리를 보호하는 장치라고 말한다[1]. 예를 들어 집 안에 위험한 야생동물이 침입했는데 불안감이 없이 그것에 다가가려 한다면 그것은 분명 문제가 있는 것이다. 실제로 이 글을 쓰고 있는 동안 나는 우리 집 주변을 배회하는 멧돼지를 두 차례나 목격했다. 처음 멧돼지를 발견했을 때는 신기하기도 하고 집에서 기르는 돼지와 별반 다를 것 없다는 생각에 경계하지 않았다. 그러나 주위 사람들이 멧돼지의 위험성을 알려주고 난 뒤 두 번째 그 녀석을 봤을 때는 내 안에 불안감이 작동하여 가족들을 보

---

1   마틴 셀리그만, 『아픈 당신의 심리학 처방전』, 도서출판 물푸레, p. 95

호하기 위한 대책을 구상하게 되었다. 이것은 누가 봐도 정상적인 반응이다.

그러나 그것이 잘못 작동될 때는 문제가 발생한다. 예를 들어, 폐소공포증이 심한 나는 밀폐된 공간을 싫어해서 엘리베이터나 긴 터널 같은 곳에 들어가기 전에는 심한 불안상태에 빠지곤 한다. 누구나 알겠지만 이런 모습은 정상적인 상태는 아니다. 미국의 정신과 및 신경과 의사인 티머시 제닝스(Timothy R. Jennings) 박사의 전문적인 분석을 따르자면, 균형을 잃은 나의 뇌로 인해 편도체에서 쉬지 않고 경보를 보내고, 그런 일이 반복됨으로 인해 건강한 사고가 약해지고 몸이 망가지게 된 것이다[2]. 쉽게 말해, 나의 상태는 마치 촛불 하나 켜 있을 뿐인데도 화재경보기가 울려 대는 것과 같다. '그럼 그것들을 그만 생각하면 되지!' 하고 주변 사람들이 애정 어린 조언들을 해 주지만, 불안감이 커져 가는 속도를 따라잡기란 여간 어려운 것이 아니다.

물론 이런 불안, 공포, 두려움 등에 관한 전문적인 연구들은 이미 세간에 많이 나와 있다. 그러나 나는 전문가의 입장이 아닌 아픈 사람의 입장에서 기록한 나의 이야기를 나누고자 이 글쓰기를 시작했다. 내가 가진 공황장애와 여러 불안 증상들의 이야기가 나와 같이 마음의 병을 앓고 있는 누군가에게는 위로가 되고 격려가 될 것이라 믿기 때문이다. 더구나 불안보다는 믿음을 강조해야 하는 현직 목사가 겪는 이런 연약함은, 사회적 위치나 역할로 인해 마음의 병이 있다는 말조차도

---

2   티머시 제닝스 『뇌, 하나님 설계의 비밀』 도서출판 CUP, p. 75

꺼낼 수 없는 이들에게 조금이나마 용기가 되지 않을까 하는 생각도 가져 보았다.

내가 가진 병은 끊임없이 삶을 위축하게 만드는 병이다. 심한 경우 집 밖을 나가는 것조차도 어려울 만큼 힘들어하는 이들도 있다고 한다. 하지만 외적으로 특별한 현상이 없어 자주 간과되고 무시되기도 한다. 또한 경험해 보지 않은 이들은 이해하기 어려운 일들이어서 다른 이들에게는 말도 못하고 혼자 끙끙 앓기 일쑤다. 그래서 더욱 이것을 말하는 사람들이 있어야 한다. 그래야만 치료가 시작될 수 있기 때문이다.

안타깝게도 이 책에는 기적적인 체험을 통해 공황장애가 치료되었다거나 폐소공포증이 사라진 이야기가 나오지는 않는다. 다만 불안과 두려움이 찾아왔을 때마다 하나님께서 붙드시고 보호하셨던 연약한 목사의 이야기가 담겨 있다. 그래서 내가 바라기는, 이 책을 읽는 이들이 나의 수많았던 실수와 부족함들을 보면서 신실하신 하나님을 경험했으면 좋겠다.

Thanks to

이 책을 쓰기까지 많은 분들의 도움이 있었다. 먼저 하늘빛교회(서울 강서구) 오태현 담임목사님과 목회팀, 그리고 성도들에게 감사의 말씀을 전하고 싶다. 신실한 목회자요, 따뜻한 형님인 오태현 목사님의 배려로 포기하려 했던 치료와 쉼의 시간을 가질 수 있었다. 또한 오갈 데 없던 우리 가정을 주님의 마음으로 품어 주시고 귀한 거처를 마련해 주신 '미코펜션(경기도 양평)'의 이용규 장로님과 지미정 권사님께도 감사하다. 내 어린 시절 주일학교 선생님이시기도 했던 이분들의 섬김으로 인해 나는 몸과 영혼을 잘 쉬면서 오래 전부터 계획했던 이 책을 완성할 수 있었다. 자카르타 늘푸른교회의 김신섭 목사님은 10년이 지난 지금까지도 늘 나를 응원해 주시고 목회의 멘토가 되어 주신 감사한 분이다. 목사님을 통해 나는 목회자가 가져야 할 성실함과 꾸준한 자기 관리에 대해 배울 수 있었다. 토론토에서 담임목회를 할 때 가족처럼 지냈던 헤리티지교회의 성도들에게도 감사의 말을 전하고 싶다. 그들은 나에게 행복하게 목회하는 것이 어떤 것인지를 알게 해 주었다.

늘 든든한 지원군이 되어 주시는 양가 부모님들과 우리 사랑하는 자녀들(루디, 루아, 이안)에게도 감사하다고 말하고 싶다. 철없는 아들의 결정을 지지해 주시고 계속해서 격려해 주시는 우리 가족들 덕분에 마음의 부담이 가벼워졌고 새로운 도전을 결정할 수 있었다. 마지막으로 내게 늘 깊은 영감을 주는 사랑하는 아내 장은영에게 고마운 마음이 크다. 아내는 내가 가진 모든 것들보다 나를 더 사랑하는 사람이어서, 겁쟁이 남편의 무모한 결정이 믿음의 결정이 되도록 기도하며 내 손을 잡아 주었다.

돌아보니, 인생을 살아온 40여 년의 시간 동안 촘촘히 박혀 있는 내 삶의 흔적들 속에서 하나님이 늘 함께하셨다는 사실이 참 감사하다. 내게 있어 그분과의 동행은 주(週) 단위의 동행일 때도 있었고, 월(月) 단위의 동행일 때도 있었지만, 하나님께서는 늘 나와의 동행을 초(秒) 단위보다 더 세밀하게 만들어 가셨다. 그리고 지금도 흔들림 없이 내 삶을 붙들고 계심을 믿는다.

1.

어느 겁쟁이의

이야기

2010년 2월의 그 하루

"둘째 아이가 오늘 중으로 나올 것 같아요. 병원으로 이동하려고요."

당시 부산의 모 컨퍼런스에 참석 중이던 나는 마지막 날 일정을 빨리 마치고 아내가 있는 속초의 산부인과로 달려가려 했다. 하지만 김해공항에 도착했을 때, 나는 미리 예약한 항공편이 결항되었다는 소식에 낙심할 수밖에 없었다. 당시 거센 바람을 동반한 폭우가 제주도를 지나 북상 중이었는데, 김해공항을 비롯한 부산 지역이 그 영향권 아래에 있었기 때문이다. 이로 인해 김포와 인천에서 내려와야 할 항공편들이 김해공항에 착륙할 수 없게 되어 대부분의 항공편들이 취소된 것이다. 오직 김해공항에 미리 대기하고 있던 항공편들 중 일부만 이륙을 할 수 있는 상황이었다. 둘째 아이를 남편 없이 출산해야 하는 아내 생각에 마음은 점점 급해지고, 김해 공항에 앉아 다른 방안이 없는지를 고민했다. 그러던 중 속초 인근인 강원도 양양에도 공항이 있다는 사실이 생각났고, 공항 안내 데스크에 양양행 항공편 여부를 물어봤다. 감사하게도! 곧 양양 공항으로 떠날 대기를 하고 있는 항공편이 있었다. 시간상으로도 둘째 아이 출산에 맞출 수 있을 것 같았다. 거기에 더하여 할인까지 받았으니……. 이는 마치 하나님께서 나와 우리 가정을 위해 예비해 두신 선물인 것 같았다. 기쁜 마음으로 항공권을 구입하며 뜬금없이 직원에게 물었다.

"몇인승 비행기이지요?"

"정확히는 모르는데 열세 분 정도 타실 수 있는 것 같아요."

직원은 별 감정 없이 대답했다. 나는 그가 무심히 내준 항공권을 들고 속으로 계속 이야기했다. 반은 기도인 것 같았고, 반은 스스로를 향한 최면이었다.

'하나님께서 갈 수 있게 해 주실 거야. 하나님께서 예비하신 것이니 할 수 있어. 고작 40분만 참으면 되잖아.'

그러나 나의 기도와 최면에도 불구하고 비행기를 기다리는 동안 내 머릿속을 지배하는 생각들은 다른 것들이었다. '소형 비행기, 악천후, 밀폐된 공간, 하늘 위, 그리고 공황장애……'

마음 같아서는 항공권을 취소하고 다른 방법을 찾고 싶었다. 그러나 출산을 앞둔 아내와 그 곁에서 절대로 떨어지지 않으려는 첫째 아이, 그리고 새로 태어날 둘째 아이 생각에 다른 방법을 찾을 수도 없었다. 결국 이를 악물고 탑승 게이트로 이동했다. 대형 항공기와 달리 탑승 게이트에서 바로 항공기로 이동하는 것이 아니라 탑승객 전원이 한데 모여 이동용 차를 타고 활주로를 지나 준비된 항공기로 이동하는 방식이었다. 처음 경험해 보는 이들에게는 새로운 경험이라 재밌을 수도 있었겠지만, 나로서는 고민하고 괴로워할 시간만 길어질 뿐이었다. 그리고 드디어 내가 타고 갈 항공기 앞에서 나는 좌절했다. 지금까지 내 눈으로 봤던 비행기 중에 가장 작고 예쁜(!) 비행기가 준비된 것이다. 절대로 비행기에 오르고 싶지 않았다. 그래서 계속 다른 사람들에게 차례를 양보했다. 마치 매너 좋은 사람인 것처럼…….

하지만 결국 더 이상 탑승할 승객이 없게 되자—심지어 그날 탑승객은 13명도 되지 않았다—어쩔 수 없이 나도 비행기에 탑승을 해야 했다. 비행기에 올라 내부를 둘러봤다. 분명 평소에 타고 다니는 자동차보다 훨씬 크고 창문도 많은데도 불구하고 왜 그리 좁아보이던지……. 당장이라도 내리고 싶었다. 하지만 탑승객 중에 어린 아기를 안고 있는 아기 엄마를 보고 난 뒤, 아내와 아이들이 생각나서 마음을 고쳐먹었다.

그러나 내 몸은 고쳐먹은 내 마음과 같지 않았다. 자리에 앉자 심장이 그 어느 때보다도 심하게 요동쳤다. 속으로 기도를 하고 찬송을 불러도 좀처럼 진정이 되지 않았다. 이미 탑승 대기하는 동안 먹었던 공황장애 진정제도 소용이 없었다. 그리고 비행기의 문이 닫히자 나의 심리는 더욱 불안한 상태로 내몰렸다. 결국 서둘러 진정제 한 봉지를 가방에서 더 꺼냈다. 그런데 아뿔사! 워낙 노선이 짧아 비행기에서 음료 서비스를 제공하지 않는 것이었다. 이제 어찌해야 할까? 다행히 이상한 행동을 하는 내가 불안해 보였는지, 탑승객 중에 중년 아저씨 한

어느 겁쟁이 목사의 공황장애 일기

분이 내게 물을 건넸다. 그렇게 간신히 약을 먹고 자리에 앉아 비행기 이륙을 기다렸다.

악천후 때문인지, 아니면 우리 비행기가 너무 작아서 관제탑에서 모른 체 하는 것인지 비행기 내에서 대기하는 시간은 그 어느 때보다도 길게 느껴졌다. 그 긴 시간 동안 내 안에는 빨리 비행기가 출발했으면 하는 마음과 차라리 악천후로 인해 비행기가 취소되었으면 하는 두 가지 마음이 공존하고 있었다. 솔직히 말하면 후자의 마음이 더 컸던 것이 사실이었다. 하지만 애석하게도 비행기는 이륙 허가 사인을 받았고 활주로를 달리기 시작했다. 그리고 내 심장은 마치 비행기와 함께 달리는 것처럼 빠른 속도로 뛰기 시작했다.

'이런 상태로 40분을 더 간다고?'

견딜 수 없었다. 꼭 죽을 것만 같았다. 결국 다급하게 승무원을 불렀다.

"내리고 싶어요!"

승무원뿐만 아니라 그 작은 비행기에 탄 모든 탑승객이 나의 이 말을 들었다. 아마도 이런 요청은 처음 들었던 모양인지, 승무원도 적잖이 당황했던 것 같았다. 몇 차례 내게서 이유를 찾다가 기장님에게 물어본다고 하고선 조종실 문을 두드렸다. 문을 두드리자 조종실에 계신

분 중 한 분이 이 중요한 순간—다시 말하지만 당시는 이륙을 위해 비행기가 빠르게 달리고 있는 중이었다—에 왜 불렀냐는 듯 문을 열고 고개만 돌렸다. 승무원이 자초지종을 설명하자 곧 조종사들 간의 상의가 있었다. 그리고 무서운 속도로 달리던 비행기의 속도가 줄어들었다. 그와 함께 요동치던 나의 심장박동도 진정되었다.

역시 비행기는 승하차가 까다로운 교통편이었다. 승객이 내리고 싶다고 내릴 수 있는 것도 아니고, 기장이 내리라고 말해서 내리는 것도 아니었다. 기장은 관제탑에 상황을 설명해야 했고, 관제탑에서는 다시 공항 측에 상황을 설명하는 과정이 있어야 한다고 승무원이 민망해 하는 내게 설명해 줬다. 얼마의 시간이 지난 뒤 비행기에서 내려도 좋다는 허락이 떨어졌다. 그러나 허락이 떨어졌다고 바로 내릴 수 있는 것도 아니었다. 지금 내가 탄 비행기가 활주로 한복판에 있기 때문에 나를 데리러 누군가가 차를 갖고 와야만 했다. 또 나의 짐도 내려야 했다. 결국 공항 직원 3~4명이 나를 데리러 내가 있는 비행기까지 찾아왔다. 그 중에는 국가정보원 소속의 직원도 한 명 끼어 있었다.

항공기로부터 나를 인계받은 공항직원들과 국정원 직원은 나를 데리고 공항 사무실로 데리고 갔다. 그리고 국정원 직원은 나의 신상에 대해서 자세히 물으며 비행기에 탑승한 이유와 또 내린 이유, 나의 짐들에 대해서도 물어보았다. 비행기 안전을 위해 필요한 절차라는 설명과 함께 말이다. 이미 극도의 긴장과 불안 상태를 경험하고, 여기에 더하여 두 봉지의 공황장애 진정제까지 먹은 나는 완전히 녹초가 된 상황이었다. 간신히 정신을 집중하여 대답을 한 뒤 사무실을 빠져나왔다.

어느 겁쟁이 목사의 공황장애 일기

공항 사무실을 빠져나오고 나니 오만 가지 생각이 다 찾아왔다. 처음에는 '이제 됐다'라는 안도감이 찾아왔다가, 곧 이어 '그까짓 것 하나 못 이겨냈다'는 패배감이 찾아와서 나를 짓눌렀다. 신앙적으로는 마치 내가 하나님을 진정으로 믿지 않았기에 비행기에서 내렸다는 자괴감도 들었다. 아! 이제 어떻게 해야 할까? 무엇보다 집에다가 이 사실을 알려야 하는데, 어떻게 말해야 할지도 몰랐다. 여간 내가 실망스러운 것이 아니었다. 남편으로서, 아빠로서 나는 내가 마땅히 있어야 할 자리를 지키지 못한 것이다.

녹초가 된 몸을 추스르고 공항을 나와 시간을 보니 1시간이 훌쩍 지나 있었다. 아마 그 비행기를 정상적으로 탔더라면, 이미 나는 양양공항에 도착했을 것이다. 그런 생각에 다다르자 내가 더욱 한심해 보였다. 이미 수없이 타본 그 비행기를 나는 왜 타지 못했을까? 다시 탈 수 있다면 그때는 정상적으로 비행기를 탈 수 있을까? 그러나 이번에도 그렇게 하지 못할 것이라는 생각이 들자 눈물이 났다. 마치 나는 영원히 비행기를 탈 수 없는 사람이 된 것 같았다. 하지만 그렇다고 마냥 그곳에서 내 감정과 싸울 수는 없었다. 내 아내는 지금 남편 없이 둘째를 출산 중이지 않은가! 나는 서둘러 집에 가야만 했다. 오직 그 생각에 약기운에 취한 몸을 이끌고 간신히 부산 버스터미널에 도착했다. 그리고 버스 안에서 기절한 듯 기억 없는 몇 시간을 보낸 뒤 새벽 1시경에야 속초에 도착했다.

적막한 겨울 바다의 파도소리가 멀리서 들렸다. 아버지에게 전화를 했다. 곧 아버지는 내가 있는 곳으로 차를 가지고 오셨다. 차 문을 열어 보니 루디(첫째 딸)가 눈을 동그랗게 뜨고 나를 반겼다. 그 아이를 보는데 그날 하루의 긴 이야기가 파노라마처럼 머릿속을 지나갔다. 그리고 그와 함께 우리 루디가 경험했을 그 하루가 상상이 되었다. 이제 두 돌이 갓 지난 이 아이에게 오늘 하루는 얼마나 길고도 충격이었을 텐가? 온전히 자기 소유였던 엄마가 자기를 두고, 본인은 한 번도 원하지 않았던 동생이라는 존재를 낳기 위해 하루 종일 떠나 있었던 그 하루……. 마땅히 곁에 있어야 할 아빠도 없이 늦은 밤까지 잠도 자지 않은 채 할아버지 자동차 뒷자리에서 겁쟁이 아빠를 기다렸던 우리 딸을 보니 마음이 아팠다. 약기운과 잠기운에 잊어버렸던 자책감이 다시 몰려온 것이다. 왜 나는 그때 비행기를 타지 못했는가? 왜 나는 좀 더 용감하지 못했을까?

하지만 내가 갖고 있는 이 증상은 후회를 하고 마음을 굳게 먹는다고 사라지는 것이 아니었다. 아니, 오히려 몇 달 동안 그날의 충격으로 인해 내 삶은 더욱 주눅 들었고, 입맛마저 사라졌다. 마치 내 머릿속 한 구석에 거대한 두려움이 자리 잡고 시시각각 나를 삼키려고 눈을 부릅뜨고 있는 것 같았다. 하루에도 몇 번씩 심장이 빠르게 뛰었고, 숨 쉬는 것이 답답하게 느껴져 수시로 한숨을 쉬어 댔다. 무엇을 해도 떨쳐 낼 수 없었다. 가족들도, 운동도, 사람을 만나는 것도 내가 가진 문제로부터 나를 해방시켜 주지 못했다. 나를 괴롭히는 생각의 공격들(예기 불안 증세)은 나의 신앙마저도 위협했다. 내 삶 어디에서도 주님의 평안이라는 글자를 찾을 수 없을 것만 같아 괴로웠다. 하지만 그 말은 곧, 내게 지금 필요한 것이 오직 하나님뿐이라는 믿음의 고백이기도 했다.

그래서 그때부터 성경의 말씀 속에서 위로와 평안을 주시는 말씀, 약한 자들을 만나 주신 하나님을 찾아보기 시작했다. 바꿔 말하면 내 절박한 마음이 겁쟁이들을 만나 주신 하나님을 찾았던 것이다.

🌿 겁쟁이 야곱 🌿

내가 너와 함께 있어서, 네가 어디로 가든지 너를 지켜 주며,
내가 너를 다시 이 땅으로 데려 오겠다. 내가 너에게 약속한 것을
다 이루기까지, 내가 너를 떠나지 않겠다.

(창세기 28:15, 새번역)

여기 겁쟁이 한 명이 있다. 형에게 찍혀서 꽁지 빠지게 도망 나온 부 잣집 도련님, 계획한 대로 모든 소원을 이뤘지만 그 순간 모든 것을 잃 은 젊은이, 그리고 자그마치 20년 동안이나 집으로 돌아가지 못한 애달 픈 나그네의 이야기, 바로 야곱의 이야기이다. 사실 야곱은 더 설명할 필요가 없을 만큼 그리스도인들 사이에서는 이미 유명인이라고 할 수 있다. 그에 대한 설교도 많이 나와 있고, 그와 관계된 연구도 이미 많이 되어 있다. 그럼에도 불구하고 내가 또 야곱의 이야기를 꺼낸 이유는 그도 겁쟁이였기 때문이다. 혹 나의 이 말에 동의하지 않을 이들을 위 해 야곱의 인생을 다시 돌아볼 필요가 있겠다.

야곱은 그의 아버지 이삭이 60세에 얻은 아들이었다. 이삭이 40세에 결혼해서 60세에 야곱과 그의 쌍둥이 형 에서를 낳았으니(창세기 25

장), 이삭으로서는 20년 만에 얻은 귀한 아들이라고 할 수 있다. 게다가 그의 아버지 이삭은 당대에 알아주는 거부였다(창세기 26:13). 오늘 말로 하면, 금수저 이상 가는 다이아몬드 수저를 들고 태어난 이가 바로 야곱이라는 이야기이다. 하지만 그런 야곱에게도 늘 갖고 있는 불만이 있었다. 그것은 자신이 맏아들이 아니라는 사실이었다. 현대의 우리 모습과는 조금 다르지만, 부족 중심으로 공동체가 꾸려졌던 고대 근동 지방 내에서는 이 맏아들이라는 위치가 굉장히 절대적인 권위나 힘을 갖게 했던 것 같다. 아버지의 재산 상속을 할 때에는 물론이고, 가문을 이끄는 정통성과 영향력에 있어서도 분명 이 맏아들이 가진 권리는 남들이 부러워할 만한 것이었을 게다. 실제로 이삭이 야곱을 축복한 내용을 있는 그대로 보면, 사업의 축복, 가문 내에서 갖게 되는 리더의 축복, 또 대외적으로도 강성해지는 축복에 대한 내용들이었다.

그러나 성경은 이에 더하여 영적인 계보를 잇는 축복을 이야기한다. '아브라함의 하나님, 이삭의 하나님, 야곱의 하나님'과 같은 그런 계보 말이다. 바꿔 말해, 하나님께서 선택하시고, 그 부르심에 응답한 이들에게 주시는 축복이라고 할 수 있다. 물론 이 모든 영적인 내용들을 그당시 야곱이 다 이해하지는 못했던 것 같다. 어머니 리브가의 계획을 따라 아버지를 속여서라도 맏아들의 축복을 받으려 했던 모습을 보면, 그는 영적인 축복보다는 부족 내에서 아버지의 대를 이을 정통성에 더 많은 관심이 있었던 것이 아니었을까 하는 생각이 든다.

어찌되었건 모든 일들은 리브가와 야곱의 계획대로 진행되었다. 야곱은 아버지로부터 자기 부족들을 이끌 지도자의 권한을 이양받았고,

여러 축복을 약속받았다. 그러나 모든 것들을 다 가진 것만 같은 그의 인생은 곧 모든 것을 잃어버린 삶으로 바뀌게 되었다. 그의 형 에서가 야곱을 죽일 계획을 꾸미고 있었던 것이다. 매일의 삶이 얼마나 괴로웠을까? 밥은 제대로 넘어갔을까? 혹 이따금씩 형의 그림자라도 보일 때면 얼마나 가슴이 철렁했겠는가? 아마도 언제 들이닥칠지 모르는 형의 칼날에 신경이 바짝 곤두서서 잠 한 숨 편히 자기 어려웠을 것이다.

결국 그 모든 상황을 모면하기 위해 어머니 리브가는 그를 멀리 외삼촌의 집으로 보낼 계획을 세웠다. 겉으로는 혼인을 위한 여정이었지만, 실상은 목숨을 부지하기 위한 피난이라고 봐야 맞는 그런 상황이었다. 축복을 받았고 가문을 이끌 정통성을 소유한 자가 오히려 쫓겨 도망가는 신세로 전락한 것이다. 그것도 언제 돌아올 수 있을지 기약할 수 없는 그런 여정을 말이다. 당시 상황이 어찌나 긴박했던지 야곱은 마땅히 가져갔어야 할 아내를 데려올 지참금도 준비하지 못했고, 생전 처음 보는 외삼촌을 위한 선물도 준비하지 못했다. 아브라함이 며느리를 얻기 위해 자신의 종에게 많은 선물을 들려 보냈던 일을 생각해 본다면(창세기 24장) 지금 야곱의 상황이 얼마나 어려웠는지 쉬이 짐작할 수 있을 것이다.

하란으로 가는 길은 야곱에게 있어 한 번도 가 보지 않은 길이었다. 오늘 날처럼 내비게이션이나 도로 표지판이 발달한 상황도 아니니 밤에는 별자리에 의지해야 했고, 낮에는 태양을 통해 방향을 가늠하여 이동했을 것이다. 그를 따라다니며 수행해 줄 종은 있었을까? 성경은 딱히 그와 함께 길을 떠난 이가 있었다고 말씀하지 않는다. 그렇게 야

어느 겁쟁이 목사의 공황장애 일기

곱 홀로 그 길을 갔던 것이다. 그러다가 한 곳에 이르게 되었다(창세기 28:11). 성경은 그 성의 본래 이름이 '루스(가나안 사람들이 불렀던 지명)'였다고 전한다. 호두나무와 비슷한 종류의 나무를 일컫는 '루즈'라는 말에서 이 지명이 시작된 것으로 보아 아마도 그 지역에 호두나무와 같은 나무들이 많이 있었던 모양이다. 굳이 우리 나라 식으로 하자면 '배나무골', '대추나무골' 같은 지명일 것이다.

당시는 오늘날처럼 숙박시설이 발달한 것도 아니었을 테고, 설령 있다한들 언제 들이닥칠지 모르는 형의 추격이 두려워 야곱은 가급적 사람들의 눈에 띄지 않을 곳을 찾았을 것이 분명하다. 돌 하나를 베개 삼아 누웠다는 성경의 표현이 야곱의 그런 상황을 보여준다. 언제 소리소문 없이 죽어도 이상하지 않을 상황, 평안보다는 두려움과 염려가 가까운 상황…… 호두나무골에 숨은 야곱의 상황이 바로 그랬다.

돌베개를 베고 자는 우리들

어쩌면 우리 인생 중에도 돌베개 하나 베고 잠들어야 했던 야곱의 딱한 사정을 경험할 때가 있다. 마음속에 불안함이 있고, 남이 알면 안되는 어떤 사정이 있고, 과도한 부담감과 스트레스가 있고, 무수히 많은 공격들을 받아내야만 살아갈 수 있는 그런 삶 말이다. 그리고 그것이 점점 커져서 우리 삶에 두려움과 긴장감을 계속해서 갖게 한다. 우리 인생의 사이클은 어떤가? 'SKY'라는 말로 상징되는 이 시대의 학구열은 꿈이 아닌 성적을 강요하고 있다. 축복받아야 할 대학 졸업은 취업난이라는 문제와 맞물려 청년들에게 또 다른 부담으로 다가온다. 행복해야 할 결혼은 서로의 다름과 넉넉하지 못한 재정으로 인해 삶의 무게로 다가오고, 그동안의 노고를 존중받고 보상받아야 할 노년들에게 쉼은 사라지고 생계의 불안함이 그들을 위협하고 있다. 그래서 우리는 이렇게 탄식을 한다.

"마음이라도 편했으면 좋겠다."

겉보기에는 많은 축복을 거머쥐었고, 소원을 이룬 것 같으나, 여전히 우리는 돌베개를 베고 누웠던 야곱처럼 두려움과 긴장 속에 살아가고 있다는 것이다.

아내가 둘째 아이를 출산하기 위해 첫째 아이와 함께 한국으로 들어갔을 때, 나는 혼자 인도네시아에 남아 두 달가량을 지내야 했다. 처음에는 내게 많은 자유 시간이 생기리라는 기대가 있었다. 실제로 많은 자유 시간이 생겼다. 가족들이 함께 있을 때에는 교회에서 퇴근한 후 육아를 돕기 위해 가정으로 출근(?)을 해야 했는데, 그런 시간들이 없으니 그동안 게을리 했던 운동도 할 수 있었고, 보고 싶었던 영화도 볼 수 있었다.

하지만 꼭 좋은 것만 있었던 것은 아니었다. 오히려 나는 그 두 달 동안 심적으로 힘든 시간을 보내야 했다. 내 안에 깊이 자리 잡은 두려움과 불안은 나로 하여금 집에서조차 편히 잘 수 없는 상태로 만들었던 것이다. 매일 밤 잠이 들기 전, 나는 혼자 있다 잘못되면 어떻게 하나 하는 쓸데없는 걱정에 사로잡혀 거의 매일 불을 켠 채 잠을 자곤 했다. 그것도 밤새 여러 차례 자다 깨기를 반복하면서 말이다. 그때에는 차라리 빨리 새벽기도 시간이 되어 교회에 갔으면 좋겠다고 생각했다. 좋은 집, 편안한 침대……. 모든 것이 잘 갖추어져 있었지만, 내 안에 불안이라는 녀석 하나가 자리 잡고 있으니 마치 돌베개를 베고 누웠던 야곱처럼 두려움 속에 잠을 자야만 했다.

그렇다면 무엇이 나의 문제였을까? 의학적으로는 나의 뇌가 잘못된 학습을 통해 나를 필요 이상으로 민감하게 반응하도록 했기 때문이라고 할 수 있을 것이다. 어떤 의사들은 불안감을 조절하는 신경계가 망

가졌기 때문이라고 말할지도 모르겠다. 물론 나도 그런 전문가들의 의견에 상당 부분 동의하는 편이다. 공황장애가 생긴 이후, 분명 내 몸은 정상이 아니었다. 하지만 꼭 그런 것만으로 당시 나의 문제를 다 풀어낼 수는 없을 것 같다. 목사인 나는 그 문제를 영적인 부분에서도 함께 진단할 수 있다고 보기 때문이다. 내가 진단한 당시 나의 문제는 두려움을 하나님보다 더 크게 생각한 데서 시작되었다. 그러다보니 나를 지키시는 하나님은 찾지 못하고, 나를 죽이려 드는 허상의 '에서'만이 내 삶에 남았다. 그런데 사실 이는 나만의 문제가 아니라 성경 속에서도 여러 차례 등장하는 문제이기도 하다. 가장 대표적인 것이 골리앗과 대치했던 이스라엘 군대의 이야기일 것이다.

사무엘상 17장을 보면, 사울이 그토록 애지중지 모았던 여러 용사들(삼상 14:52)이 골리앗의 한 마디에 아무 소리도 못한 채 떨고 있는 장면이 나온다. 그들을 의지하며 천하를 호령하려던 사울의 기백도 온데간데없이 사라졌다. 당시 사울은 하나님으로부터 이미 멀어진 상황이었는데, 결국 하나님 없이 뭔가 해 보려던 사울과 그의 군사들에게 남은 것이라곤 두려움밖에 없었던 것이다. 바꿔 말해, 이스라엘 군인들이 골리앗에게 대꾸조차 못한 채 떨고만 있었던 이유는, 이들 안에 용사가 없어서가 아니라 하나님을 믿는 믿음이 없었기 때문이다. 당시 내 안에 있던 두려움과 불안도 마찬가지였다. 하나님을 믿는 믿음이 없으니 온갖 좋지 않은 것들이 내 안에 들어와 나를 떨게 만들었다. 많은 것들이 갖추어졌고, 많은 이들이 함께하고 있었음에도 말이다. 그래서 성경은 그런 우리들에게 어떻게 그 문제를 극복할 수 있는지를 보여준다. 바로 다윗의 고백을 통해서 말이다.

> 다윗이 블레셋 사람에게 이르되 너는 칼과 창과 단창으로 내게
> 나아 오거니와 나는 만군의 여호와의 이름 곧 네가 모욕하는
> 이스라엘 군대의 하나님의 이름으로 네게 나아가노라
> (삼상 17:45)

우리가 잘 알고 있듯이, 다윗은 골리앗을 향해 나갔을 때 좋은 무기를 들지도 않았고 많은 병력을 데리고 나가지도 않았다. 그는 오직 하나님을 믿는 믿음 하나 가지고 골리앗 앞에 섰다. 그리고 그때 놀라운 일이 일어났다. 물론 당시 이스라엘 군사들도 하나님에 대해 잘 알고 있었고, 하나님의 존재를 믿는 사람들이었다. 하지만 그들의 하나님을 향한 믿음은 결코 골리앗의 키보다 크지 않았다. 즉, 그들에게 있어 하나님은 존재하시기는 하지만 자기 앞의 문제보다는 작은 분이었다는 말이다.

오늘 우리 안에 있는 두려움이나 걱정, 또는 우리의 마음을 괴롭게 하는 원인들을 영적인 안목을 가지고 살펴볼 필요가 있다. 과연 그것이 무엇으로 인한 것일까? 내 주위에 사람이 없어서? 물질이 부족해서? 물론 그 모든 것들이 전혀 관계없다고 말할 수는 없겠지만, 그 근본으로 들어가 보면 우리 안에 하나님을 향한 믿음이 부족하기에 낙심하고 무너지는 것은 아닐까? 모든 것을 갖추고, 많은 용사들이 있다 할지라

도 그것들보다 하나님이 크신 분이라는 믿음이 없으면 언제건 위축되고 두려움에 사로잡힐 수밖에 없는 것이 우리의 실상이다. 반면, 모든 것을 갖추지 못했고 변변찮은 무기조차 없이 돌맹이 하나 들었을지라도, 하나님을 자신의 문제보다 더 큰 분으로 믿는 믿음만 있다면 무엇이든 해낼 수 있는 것 또한 우리의 모습임을 잊지 말아야 할 것이다.

루스가 아닌 벧엘의 이야기가 시작되다

다시 야곱의 이야기로 돌아오면, 루스에서 숨어 잠을 청했던 야곱이 그날 밤 한 꿈을 꾼다. 그리고 그 꿈을 통해 자신과 함께하시는 하나님을 만난다. 그분은 놀랍게도 야곱이 갖고 있던 두려움의 근원을 알고 계셨다. 또한 지금 야곱이 가장 원하는 소망도 알고 계셨다. 야곱에게 있어서는 실로 엄청난 사건이었다. 겁쟁이처럼 가슴 졸이며 살던 그에게 가슴 벅찬 하나님의 계획이 주어졌으니 말이다. 실제로 야곱이 그 것을 경험한 순간 낯선 '호두나무골(루스)'이 '하나님의 집(벧엘)'으로 바뀌게 되었다. 더 이상 도망자의 은신처가 아닌 하나님을 만나는 장소로 인정된 것이다.

놓치지 말아야 할 것은, 그가 꿈 한 번 잘 꾸었다고 해서 상황이 바뀐 것이 아니라는 사실이다. 여전히 에서는 야곱을 죽이기 위해 칼을 갈면서 기회를 보고 있었고(심지어 20년이 지난 뒤에도), 야곱이 낯선 외삼촌 집을 향해 걸어가야 한다는 사실 또한 바뀌지 않았다. 하지만 야곱의 믿음이 바뀌었고, 영적인 안목이 바뀌었다. 그리고 그가 베고 잤던 딱딱한 돌베개는 하나님을 예배하는 제단의 기둥이 되었다.

내게 있어 공황장애는 돌베개와 같은 것이었다. 굳이 베고 싶지 않은 불안함, 두려움, 긴장이 내 곁에서 떠나지 않고 나를 찾아왔다. 그런데 이 마음의 병을 갖고 있던 10여 년의 시간 동안 나는 수없이 많은 하나님의 임재를 경험할 수 있었다. 때론 이유 없이 숨이 막혀오는 그 짧은 시간 동안, 때론 두려움에 빠져 어쩔 줄 몰랐던 터널 앞에서, 때론 죽음의 공포가 나를 붙잡고 있던 어두운 새벽 기도실에서……. 하나님께서는 내가 두려움에 빠져 그분을 찾을 수 없을 때, 먼저 찾아와서 나를 만져 주셨다. 마치 벧엘에서 강권적으로 야곱을 만나 주셨듯이 말이다. 그래서 내게 있어 공황장애는 돌베개가 되기도 하고, 하나님을 만나는 제단이 되기도 했다.

오늘 이 책을 읽고 있는 누군가에게도 돌베개와 같은 마음의 병 하나가 있을지 모르겠다. 만일 그렇다면, 또는 혹 그런 이를 알고 있다면, 우리 마음의 병이 아픔과 괴로움으로만 끝나지 않고, 이를 통해 하나님의 임재를 경험하는 벧엘의 이야기가 시작될 수 있도록 기도하면 어떨까? 분명 우리도 야곱처럼 우리의 아픔을 제단의 기둥으로 삼아 신실하신 하나님을 찬양할 수 있게 될 것이다.

어느 겁쟁이 목사의 공황장애 일기

"우리에게 선하지 않은 상황이 하나님께도 선하지 않은 것은 아니다!"

그러므로 너는 그들에게 전하여라. '나 주 하나님이 말한다. 그 포도나무가 무성해질 수 있겠느냐? 그 뿌리가 뽑히지 않겠느냐? 그 열매가 떨어지거나, 그 새싹이 말라 죽지 않겠느냐? 그 뿌리를 뽑아 버리는 데는, 큰 힘이나 많은 군대를 동원하지 않아도 될 것이다. 그러므로 그것을 심어 놓았지만 무성해질 수가 있겠느냐? 동쪽 열풍이 불어오면 곧 마르지 않겠느냐? 자라던 그 밭에서 말라 버리지 않겠느냐?' (겔 17:9~10, 새번역)

오늘 하나님께서 비유를 통해 말씀하시고자 하는 내용은 남유다 말기의 상황을 배경으로 하고 있다. 남유다 말기 바빌로니아의 느부갓네살 왕은 예루살렘을 무너뜨리고 당시 왕이었던 여호야긴 왕과 궁중에 있던 사람들과 고위 관료들과 칠천 명의 용사와 천 명의 기술자들을 바빌로니아로 데리고 갔다(왕하 24:15~16). 그리고 이어서 여호야긴 왕의 삼촌인 시드기야를 새로 왕으로 세워 남은 남유다의 백성들을 다스리게 했다.

분명 남유다의 입장에서는 굉장히 좋지 않은 상황이 되었다. 주권을 침해당했고, 이방 민족에 의해 민족의 리더들이 압송을 당한 현실은 그들의 역사 속에서는 수치스러운 일이고, 괴로운 일임에는 분명하다. 그러나 성경 속의 많은 예언자들은 그 일들 역시 하나님께서 사용하신 일이라 말씀하신다. 그 수치스러운 사건을 통해 남유다와 그 백성들을 다시금 하나님 앞으로 회복시키시려는 하나님의 계획이었다고 말이다.

그러나 남겨진 남유다의 백성들과 시드기야 왕은 그것을 받아들일 수도 없었고, 견디려고 하지도 않았다. 그래서 다른 방법을 통해 자신들의 수치를 벗으려고 한다. 바로 또 다른 강대국이었던 이집트를 끌어들이려 했던 것이다. 그러나 그것은 결과적으로 실패하고 말았다. 하나님께서는 비록 역사적으로 수치스럽고 좋지 않은 상황을 지나갈지라도, 그 시간들을 통해 하나님 앞에서 더욱 수치스러운 죄의 문제들을 해결하기 원하셨기 때문이다.

오늘 우리의 삶 속에서도 내게 좋지 않은 상황, 괴로운 시간들, 견디기 어렵고 받아들이기조차 싫은 순간들이 주어질 때가 있다. 그리고 그런 상황을 허락하시는 하나님께 원망하며 물을 때도 있을 것이다. 그러나 하나님께서 원하시는 것은 우리에게 그런 시간을 없애시는 것이 아니라, 그런 시간들을 통해 우리의 삶을 더욱 하나님 앞으로 돌리고, 하나님께서 원하시는 삶으로의 변화와 결단이 일어나는 것이다.

우리가 오해하지 말 것은, 내가 선하지 않다고 생각하는 것이 하나님께도 선하지 않을 것이라고 추측하는 것이다. 하나님은 우리의 모든 악한 상황을 통해서도 당신의 선하신 일들을 반드시 이루시는 분임을 잊지 말아야 한다.

"주님, 당신께서는 우리의 모든 상황을 선한 상황으로 바꾸실 분임을 고백합니다. 오늘 우리에게 어떤 상황이 주어질지라도 그것을 원망하기 이전에, 하나님을 바라보며 당신의 뜻을 구하는 삶이 되게 하옵소서. 그리하여 오늘 우리의 삶을 통해 오직 하나님만을 높여드리기 원합니다. 예수님 이름으로 기도합니다. 아멘."

- 2015년 10월 8일 말씀 묵상

생각하는 질문

- 당신에게 있어서 돌베개와 같은 문제는 무엇입니까?
- 돌베개와 같은 문제가 제단의 기둥이 되기 위해 당신에게 필요한 것은 무엇입니까?

2.

그 녀석과의
첫 만남

#공황장애
#건강염려증

누구신데 저를 이렇게 힘들게 하세요?

2009년 6월, 당시 전도사로 사역했던 교회에서 부흥 집회가 진행 중이었다. 복음적인 메시지로 유명한 모 선교사님을 초청하여 말씀을 듣는 시간이었다. 이미 집회가 시작하기도 전, 예배실은 더 이상 들어설 틈이 없이 성도들로 가득 찼다. 선교사님의 말씀이 시작되자 이미 앞선 두 번의 집회를 통해 큰 은혜를 경험한 성도들은 더욱 귀를 기울여 말씀에 집중했다. 나 역시도 그러했다. 뒤편 방송실에 앉아 맡겨진 역할을 수행하며 강사님의 말씀을 놓치지 않으려 애를 썼다. 말씀을 들으면서 한껏 웃다가, 또 말씀에 찔림을 받다가 그렇게 1시간 반 정도가 훌쩍 지난 것 같았다.

그런데 갑자기 내 몸이 이상해지기 시작했다. 숨 쉬기가 어려웠던 것이다. 그리고 심장은 계속해서 뛰고 있었다. 마치 누군가 나의 목을 죄고 있는 것 같은 느낌이 들었다. 일생일대의 위기가 찾아온 것이다. 그런데 더 어려웠던 것은 나의 생각이었다. '여기서 쓰러지면 안 되는데', '내가 이러면 부흥회가 망가질 텐데' 하는 생각이 또 다른 스트레스가 되어 나를 짓눌렀다. 그렇게 주변의 누군가에게 말도 못하고 몇 분의 시간을 보냈다. 도저히 그냥 있을 수가 없어서 앉았다 일어났다를 반복했다. 어떻게든 깊은 숨을 쉬고 싶어서 호흡을 크게 해 보려 했다. 그

어느 겁쟁이 목사의 공황장애 일기

랬더니 이번에는 어지럼증까지 오기 시작했다. 분명 말씀을 듣는 시간인데, 그 어느 때보다도 하나님의 은혜를 깊이 생각하고 있는 시간인데 왜 나에게 이런 일이 발생했을까? 그렇게 생각이 들자 이번에는 또 다른 쓸데없는 생각들이 하나씩 찾아오기 시작했다. '나는 지금 죽으면 천국에 갈 수 있을까?', '그래도 명색이 전도사인데 죽을 때 평안한 표정으로 죽어야 덕이 될 텐데…….' 나의 생각은 이렇게 갈피를 잡지 못하고 이리저리 헤매고 있었다. 마치 나는 그날 죽을 사람으로 정해진 것만 같았다.

　다행히 몇 분이 지나자 호흡이 편해지고 심장 박동이 다시 정상으로 돌아왔다. 그러나 나의 생각은 여전히 '죽음'과 맞닿아 있었다. 그리고 그 생각 때문인지 또 얼마의 시간이 지난 뒤에 똑같은 증상이 찾아왔다. 그러게 하기를 여러 번……. 생전 처음 경험해 보는 이상한 증상에 나는 속수무책으로 당하고 있었다. 병원을 가고 싶어도 마땅히 갈 병원도 없었고, 어디가 어떻게 문제가 있는지 당장 옆 사람에게조차 설명할 수 없으니 답답하기만 했다. 그냥 이 모든 시간이 빨리 끝나고 집에 가서 눕고 싶었다. 그렇게 나 혼자만의 처절한 40여 분 간의 싸움이 있은 뒤에야 선교사님의 말씀이 끝이 났다. 간신히 교회 뒷정리를 한 뒤 집으로 돌아갔다. 몸과 마음은 이미 만신창이가 되어 있었다. 마치 온몸을 던져 경기를 했지만, 끝내 패배한 것처럼 몸은 피곤했고, 마음에는 큰 상심이 있었다. 내 몸이 왜 그랬을까? 또 이런 증상이 오면 앞으로 어떻게 해야 할까? 누구에게 물어봐야 할지, 무엇을 해야 할지도 모른 채 혼자 끙끙 앓고 그 날 저녁을 보냈다. 그것이 공황장애와의 첫 만남이었다.

예수님을 사랑하니까

공황장애를 처음 경험한지 얼마 되지 않은 어느 날, 여느 때와 같이 나는 교회로 출근해서 일을 보고 있었다. 그런데 갑자기 또 죽을 것만 같은 공포가 내게 찾아왔다. 당시 나는 그것이 공황발작이라는 사실조차 모르고 있을 때였기에 더욱 당황하고 두려워했다. 일을 하다 말고 또 다시 앉았다 일어섰다를 반복했다. 그럼에도 불구하고 상태가 계속 좋아지지 않자, 잠시 기도를 하고 오겠다고 사무실 사람들에게 말한 뒤 예배실로 가서 기도를 시작했다. 하지만 기도를 하면서도 도저히 생각을 바로잡을 수가 없었다. 공포로 빠져들어 가는 속도가 기도를 통해 평안을 찾아 가는 속도보다 더 빠른 것 같았다. 한참을 보이지도 않고 원인도 알 수 없는 공포와 맞서 싸우다가 너무 힘이 들어서 그냥 예배실 의자에 누워 버렸다.

다행히 시간이 지나자 상태가 조금 나아지는 것 같았다. 그래서 다시 일을 하러 사무실로 돌아왔다. 그런데 또 얼마 지나니 몸이 이상해지기 시작했다. 숨 쉬는 것도 이상하고, 왠지 모르게 심장도 문제가 있는 것 같았다. 병원을 갈까 고민을 하다가, 그냥 컨디션이 안 좋아서 집에서 잠시 쉬고 오겠다고 말한 뒤 집으로 돌아왔다.

집에 가면 좀 나아질 줄 알았다. 하지만 여전히 죽을 것 같은 느낌

어느 겁쟁이 목사의 공황장애 일기

이 나를 휘감았다. 어떻게 해야 할지를 몰랐다. 분명 숨은 쉬고 있는 것 같은데 답답하고, 심장은 아프지 않은 것 같은데 계속해서 뛰고 있고……. 이제 나는 집에서도 평안하지 않고, 교회에서도 평안하지 않은 그런 답답한 인생이 된 것일까? 나는 이제 어디로 가야 살 수 있단 말인가? 순간 '이래서 사람이 자살하는구나' 하는 생각까지 들었다. 아내도 처음 보는 나의 그런 모습에 무슨 일이냐고 물었다. 하지만 나도 내 몸이 왜 그러는지 설명할 수 없었다. 집에서도 앉았다가 누워 있다가 하기를 30여 분……. 도저히 죽음의 길로 들어선 생각을 바로잡을 수 없어 다시 교회로 향했다. 다행히 이후 상태가 좋아져서 그날 남은 일정을 마무리할 수 있었다.

집으로 다시 돌아와 저녁을 먹고 낮에 일어났던 '그 일' 때문에 마치지 못한 설교 준비를 하려고 책상에 앉았다. 다음 날 설교할 본문인 빌립보서 1장의 말씀을 읽으며 말씀의 의미를 깨달으려 애를 쓰고 있는데, 여전히 내 생각 한구석에는 죽음의 공포라는 녀석이 웅크리며 기회를 엿보는 듯했다. 어떻게든 신경을 쓰지 않으려고 했지만 계속 신경이 쓰였다. 그런 내 모습을 보며 신경이 쓰이기는 내 아내도 마찬가지였던 것 같다. 설교를 준비하는 내 뒤에 가만히 와서 나를 관찰하고 있었다. 그러다가 불쑥 아내가 내게 이렇게 물었다.

"당신은 왜 목사가 되려고 해?"

갑작스레 삶의 본질을 꿰뚫는 훌륭하고도 뜬금없는(!) 질문을 받았다. 이에 당황할 만도 했지만, 나도 모르게 순간적으로 이렇게 대답했다.

"예수님을 사랑하니까."

그런데 그 순간, 갑자기 나를 옥죄고 있던 사슬이 끊어지는 것을 느꼈다. 하루 종일 찾고 찾았던 평안이 찾아온 것이다. 어떤 불안도, 공포도 더 이상 내게 있지 않았고, 주님께서 주시는 담대함이 내게 찾아왔다. 놀라운 사건이었다. 그리고 반복해서 보고 있던 빌립보서 1장 20~21절의 말씀이 눈에 확 들어왔다.

> 나의 간절한 기대와 소망을 따라 아무 일에든지 부끄러워하지 아니하고 지금도 전과 같이 온전히 담대하여 살든지 죽든지 내 몸에서 그리스도가 존귀하게 되게 하려 하나니 이는 내게 사는 것이 그리스도니 죽는 것도 유익함이라(빌 1:20~21)

이 말씀은 감옥에 수감 중이던 바울이 고백한 신앙이다. 그가 생전에 복음을 전하다가 여러 번 감옥에 갇혔던 것을 기억한다면, 분명 이때에도 그가 복음을 전하다가 그 때문에 모함당하고 감옥에 갇혔을 것이라고 추측해 볼 수 있다. 하지만 그는 자신이 오해를 받고 감옥에 갇힌 그 상황을 원망하지 않았다. 오히려 자신이 아끼는 빌립보 교회 교인들에게 자기 삶의 목적에 대해 열정적으로 전하고 있었다. 어떻게 이것이

가능했을까? 그의 삶의 중심에는 예수 그리스도에 대한 깊은 사모함이 있었기 때문이다. 쉽게 말해, 주님을 사랑하는 마음이 크기에 그분 때문에 받는 고난도 어려움도 그에게 어떤 장애가 되지 않았던 것이다. 오히려 그는 자신에게 일어나는 모든 상황에서도 주님만 드러나길 원하고 있었다. 이것이 바울이 살아가는 삶의 목적이었다. 그리고 그런 바울에게는 죽음이라는 것조차도 두려움이 아닌 주님의 영광의 도구로 여겨졌다.

나는 이 말씀을 묵상하며, 또 나의 순간적인 고백과 체험을 생각해 보며 예수님을 사랑하는 사람이 살아야 하는 삶에 대해 생각해 보았다. 예수님을 사랑하기에 사는 것도 유익하지만 죽는 것 또한 유익한 존재…… 정말 그런 사람이 되고 싶었다. '내 몸에서 주님만 존귀해지는(Christ will be exalted in my body)' 그런 삶, 두려움을 가득 안고 언제 어떻게 죽을지를 고민하는 삶이 아니라 매일 더 많이 예수님을 사랑하는 그런 삶 말이다. 그리고 그 소망이 내 안에 생기자 지난 며칠 동안 나를 묶고 있던 모든 두려움이 사라졌다.

"살든지 죽든지"

    말씀을 살펴보면, 바울이 감옥에 갇혀 있는 동안 복음 전파가 계속해서 이뤄지고 있음을 알 수 있다. 그런데 이들 중에는 바울을 좋아하고 바울을 따랐던 사람이 있었던 반면, 바울을 시기하고 질투하던 이들도 있었다. 그리고 후자에 속하는 사람들은 바울이 감옥에 갇힌 그 때를 기회로 생각하고 '시기하고 경쟁하는 마음으로' 복음을 전했다. 그런데 이때 중요하게 보아야 할 것은 그 모든 상황을 바라보는 바울의 반응이다. 이쯤 되면 자신의 반대파들을 향해 쓴 소리를 하고, 억울해 하고, 그들이 전한 복음에 대해 진정성의 문제를 제기해야 할 텐데, 그는 그렇게 하지 않고 오히려 이 모든 것들이 다 좋다고 말하고 있다. 나를 좋아해서 복음을 전했든지, 나를 싫어해서 복음을 전했든지, 여하튼 전해지는 것은 오직 예수 그리스도라는 사실 하나만으로 바울은 지금 그 모든 것이 유익하다 말하고 있는 것이다.

    그런 바울의 태도는 본인의 죽음에 대해서도 동일한 고백으로 나타난다. 살아도 좋고 죽어도 좋다고 말한 것이다. 이래도 그만 저래도 그만인 것이 아니라, 이래도 좋은 사람, 저래도 좋은 사람인 것이다. 생각해 보면 우리는 기도할 때 꼭 이래야만 좋다고 정해 버리는 경우가 많이 있다. 그러나 그것은 참 순종이 아니다. 참 순종은 어떤 명령이 하나님으로부터 내려오든 그것에 대해 토를 달지 않고, 불평하지 않고, 감사하며 좋다고 말하는 것이 순종이다. 성경을 보면, 하나님께서 모세를 부르시고 네가 백성들을 이끌고 가나안 땅에 들어갈 것이라고 약속하셨다. 그런데 어느 날, 다시 그에게 가나안 땅에 들어가지 못하고 죽을 것이라고 말씀하셨다. 만일 우리에게 그 말씀이 들렸다면 어떻게 할 것인가? 하나님을 원망하고 사기죄로 고발하지는 않았을까? 그러나 모세는 자신의 죽음까지도 하나님께 순종으로 드리며 유익한 믿음이 무엇인지를 우리에게 보여줬다.

사람들과 일하다 보면 신경 쓰이는 사람이 있고, 신경을 써 주고 싶은 사람이 있다. 신경이 쓰이는 사람은 '이것'을 시키면 불평하고 '저것'을 시키면 좋아하는 사람이다. 이런 사람은 무슨 일을 맡길 때 피곤하다. 그런데 신경을 써 주고 싶은 사람은 '이것'을 맡겨도 순종하고 '저것'을 맡겨도 순종한다. 이런 사람에게는 때론 가장 힘든 일을 맡길 때도 있지만, 모든 일이 마친 뒤에 가장 큰 칭찬을 해 주고 싶어진다. 하나님께도 신경 쓰이는 사람이 있었다. 대표적인 예가 요나 선지자이다. 이 사람은 하나님께서 니느웨로 가서 말씀을 전하라고 했더니 불평하며 다시스로 도망갔던 사람이었다. 요나 시대의 사람들에게 있어서 다시스(스페인)는 세상의 끝으로 생각되었던 곳이니, 바꿔 말하면, 당시 요나가 하나님의 명령을 피해 다시스로 갔다는 이야기는 그가 하나님을 피해 세상 끝으로 도망가려 했다는 말과 같다.

그러나 반면, 하나님께서 신경 써 주고 싶은 사람도 많이 있었다. 오늘 바울 사도도 그런 사람 중에 하나이다. 오늘 말씀 21절에서처럼, 그는 '살아도 좋고 죽어도 좋다'고 말한다. 이 말은 잘못 들으면 인생을 포기한 사람의 말처럼 들린다. 사실 맞다. 어찌 보면 바울은 인생을 포기한 사람이었다. 그런데 그는 자신의 인생을 아무 곳에서 포기한 것이 아니라 하나님 앞에서 포기하였다. '나는 이제 하나님 것이니 하나님의 뜻대로 이뤄지길 원합니다'라고 말하는 그 순종…….

그렇다면 오늘 우리의 삶은 과연 어떤가? 우리가 하나님 앞에 헌신한다고 말하면서 이것은 안 되고, 저기로 보내셔도 안 되고, 위험하면 안 되고, 가난해도 안 된다고 말하면, 하나님께서 과연 우리를 편하게 사용하실 수 있을까? 만일 우리가 계속 그렇게 고집만 한다면, 하나님은 우리가 준비될 때까지 기다리실 것이다. 그래서 오늘 우리는 '하나님 저를 왜 사용하지 않으세요?'라고 묻기 이전에 나의 순종이 과연 100%인지를 먼저 점검해 봐야 한다.

바울 사도는 하나님께 유익한 사람이었다. 본인에게 주어진 삶을 무엇이든 유익하게 받아들이니 하나님께도 유익한 사람이 된 것이다. 우리의 삶도 이와 같아야 한다. 예수님을 사랑하기 때문에 살아도 주의 영광을 위해, 죽어도 주님이 우리 안에서 높여지는 삶이 되어야 한다. 우리는 이 땅에 태어나 서로 만나서 밥 한 끼 먹으려고 사는 인생이 아니다. 우리는 늘 천국을 바라보며 천국 문 앞에서 부끄럽지 않게 살기 위해 노력해야 한다. 그래서 앞으로 우리는 청소년부 내에서 이렇게 인사했으면 좋겠다. '천국에서 만납시다!' 우리 모두는 천국에서 만날 사람이다. 단 한 명의 낙오자도 없이 모두 천국에서 만날 때, 우리가 살았던 삶도 유익이었고 죽음도 유익인 사람이었다고 주님 앞에서 평가받을 수 있길 소망한다.

– 2009년 7월 18일 늘푸른교회 청소년부 설교문 중

어느 겁쟁이 목사의 공황장애 일기

알고 나니 별것 아닌 것을

예수님을 내 마음 깊은 곳에서부터 사랑한다고 고백한 뒤, 몇 주 동안은 큰 무리 없이 일상을 살아갈 수 있었다. 모든 것이 제대로 돌아온 것 같았다. 그런데 얼마 후 스멀스멀 그 몹쓸 느낌들이 다시 올라왔다. 신경을 쓰지 않으려고 했는데 내 생각은 내 마음과 같지 않았다. 한 번은 1시간 30분 정도 떨어진 유스 코스타(Youth Kosta) 장소 답사를 하러 가던 중에 차 안에서 또 다시 공황발작을 경험했다. 3~5분 여간 나는 거의 죽을 것 같이 숨이 막혀 옴을 느꼈다. 내 몸이 왜 이렇게 된 것일까? 원인을 알 수 없었다. 분명 2년 전 종합검진을 받았을 때만 해도 몸이 매우 건강하다는 결과를 받았었는데……. 눈에 보이는 상처가 있는 것도 아니고 지속적으로 통증이 있는 것도 아니어서 병원을 찾기도 애매했다. 또 주변에 이런 경험을 가진 사람이 전무했던 터라 어디 물어볼 곳도 없었다. 혈압이 떨어진 것일까? 더운 지역—당시 나는 인도네시아에 살고 있었다—에 살고 있었기에 체력이 떨어진 것일까? 아니면 나도 모르는 심각한 병에 걸린 것일까? 하지만 겉으로 보기에는 모든 것이 정상이었다.

그러던 중 감기 증세 비슷한 것으로 한인 클리닉(개인 병원)에 갈 일이 있었다. 그리고 의사 선생님을 만난 김에 내가 겪고 있는 증세를 이

야기했다. 그런데 이야기를 듣던 의사 선생님께서 내게 혹시 공황장애
가 아니냐고 물어보셨다.

"공황장애요?"

그때까지만 해도 처음 듣는 병명이었다. 의사 선생님께서 그에 대해
간단하게 설명을 해 주셨고, 아무래도 공황장애 증상인 것 같으니 필
요 시 먹을 수 있는 약을 주시겠다고 처방해 주셨다. 사무실로 돌아와
서 인터넷 검색창에 '공황장애'에 대해 찾아봤다. 몇몇 사이트에 그것
에 대한 설명과 함께 13가지 증상 중 몇 개 이상이 해당되면 공황장애
가 맞다는 글들이 나와 있었다. 내게는 얼추 9~10개 정도 그 증상들이
나타났다. 그 테스트만으로는 공황장애가 거의 확실했다. 더욱 절망적
이었을까? 아니다. 오히려 병명을 알고 나니 마음이 확 놓였다. 첫 번
째는 내 몸은 아무 이상이 없다는 사실을 알았기 때문이었고, 두 번째
는 공황장애라는 것이 별것 아닌 허상의 병처럼 느껴졌기 때문이다.
실제로 의사 선생님이 처방해 준 약은 몇 달이 지나도록 먹지 않았다.
아니, 정확히는 먹을 일이 없었다. 그만큼 병의 실체를 알고서는 오히
려 마음에 담대함과 평안함이 찾아왔다. 그동안은 보이지 않는 적으로
인해 불안했었는데, 그 적이라는 것이 작은 벌레만도 못하다는 것을 깨
달았기 때문이다.

공황장애의 원인은 여러 가지가 있다고 한다. 그중 가장 대표적인 것

이 자율신경계가 잘못 반응하는 것이다. 쉽게 예를 들면, 촛불이 타고 있는데 화재경보기가 집안에 큰 불이 난 것으로 오인하고 경보를 울리는 것이다. 그리고 그 경보에 따라 집에 있던 이들이 긴장을 하게 되고 소방서에 전화를 하는 등 난장판이 되는 것이 바로 공황장애이다. 이렇게 이야기를 하고 나면 사실 별일 아닌 것으로 괴로워했다는 생각이 든다. 하지만 경험해 보면 말처럼 쉽게 생각할 문제는 아니다. 생각해 보라. 생선을 구울 때도, 찌개를 끓일 때에도 이놈의 화재경보기가 계속 울어 댄다면 일상이 가능할까? 별것 아닌 것을 아는데도 일상을 맘 편하게 못 사는 것, 그것이 공황장애를 갖고 있는 이들이 말하는 어려움이다. 날마다 솥뚜껑을 보며 자라인 양 놀라는—사실 자라도 그리 놀랄 대상은 아니다—그런 삶 말이다. 그래서 의학적으로는 이런 공황장애 증상을 치료하기 위해 약물치료와 함께 인지행동치료를 병행할 것을 권한다. 인지행동치료란 내가 두려워하는 상황의 실체를 대면함으로 그 일이 큰 일이 아님을 알도록 반복학습하는 것이다.

아주 다행스러운 것은 통계적으로 인지행동치료와 약물치료를 통해 공황장애 증상의 대부분이 완치가 가능하다는 점이다. 여기에 더하여 나 개인적으로는 전능하신 하나님에 대한 깊은 묵상이 순간순간 다가오는 두려움과 긴장을 이기게 해 주었다고 고백할 수 있다. 사실 나는 공황장애 증상이 생긴 뒤 10여 년 동안 대부분을 해외에서 생활했던 터라 적절한 치료를 진행할 기회가 없었다. 그래서 이따금씩 공황장애 증상이 찾아올 때면 내가 의지할 곳은 오직 하나님밖에 없었다. 성경에 나오는 수많은 겁쟁이들을 만나 주신 하나님, 아무리 굳건한 성벽이라 할지라도 주님을 믿는 자들이 내뱉는 외침 한 마디에 그것을 무너뜨리신 하나님, 수많은 적군들을 하룻밤 만에 섬멸하신 하나님……. 때로는 아주 세밀하게 내 삶의 가장 깊은 곳을 만지시는 하나님을 느끼며 나는 그 시간들을 지냈다. 그리고 그렇게 그 시간을 보내면서 Facebook에 기록한 790여 편의 말씀 묵상들은 연약한 겁쟁이와 같은 나를 보호하신 하나님의 은혜의 흔적이었다.

우리는 내가 가진
문제 때문에 죽을 존재는 아니다

생각해 보면 바울에게도 육신의 연약함이 있었다. 그가 말하는 것을 빌리자면(고린도후서 12장), 그는 자신이 가진 질병의 치료를 위해 무척이나 간절히 하나님께 기도했었다. 생각해 보라. 남의 병은 고치는데, 자신의 병은 고쳐지지 않는 그런 상황……. 아마 바울을 비방하던 무리들은 바울의 그런 질병을 보며 그를 어떻게든 깎아내리려 했을 것이다. 그 모든 것을 바울도 알고 있었을 테니 그도 자신이 가진 질병이 얼마나 싫었겠는가? 그런데 하나님께서는 바울의 질병을 고치지 않으셨다. 오히려 너무도 명확하게 말씀하시며 그를 포기하게 하셨다.

이것이 내게서 떠나가게 하기 위하여 내가 세 번 주께 간구하였더니 나에게 이르시기를 내 은혜가 네게 족하도다 이는 내 능력이 약한 데서 온전하여짐이라 하신지라 그러므로 도리어 크게 기뻐함으로 나의 여러 약한 것들에 대하여 자랑하리니 이는 그리스도의 능력이 내게 머물게 하려 함이라(고후 12:8~9)

오랫동안 신학자들 사이에서는 바울이 가졌던 질병이 무엇이었을까, 과연 어떤 병이었기에 그가 그토록 간절하게 하나님께 기도했을까 하는 답을 찾아보고자 했다. 그래서 안질이나 간질과 같은 여러 병명들이 세간에 소개되기도 했다. 그런데 확실한 것은, 그는 자신이 가진 병 때문에 죽은 것은 아니라는 사실이다. 그가 죽은 이유는 복음 때문이었다!

우리는 죽기 전까지 나의 문제를 어떻게 해결할 수 있을까 애를 쓰며 살지만, 하나님께서는 우리가 죽기 전까지 복음을 위해 살기 원하신다. 바울은 자기 육신의 질병에 대한 하나님의 응답을 듣고 난 뒤, 더 이상 그것에 붙잡힌 삶을 살지 않았다. 그리고 그런 바울의 삶을 보며 내 안에도 새로운 도전이 생겼다. 내 문제에 붙잡혀 겁쟁이처럼 사는 것이 아닌, 하나님의 거대한 손에 붙잡혀 복음 때문에 죽는 그런 삶이 되도록 말이다.

"세상의 염려들을 이기는 하나님 나라의 소망"

그들은 한 마음이 되어서, 그들의 능력과 권세를 그 짐승에게 내줄 것이다. 그들이 어린 양에게 싸움을 걸 터인데, 어린 양이 그들을 이길 것이다. 그것은, 어린 양이 만주의 주요 만왕의 왕이기 때문이며, 어린 양과 함께 있는 사람들이, 부르심을 받고 택하심을 받은 신실한 사람들이기 때문이다.(계 17:13~14, 새번역)

요한계시록이 기록될 당시, 사람들 사이에서는 네로 황제가 다시 살아나서 황제의 자리를 차지하러 오리라는 사상이 퍼져 있었다(계 17:11). 그리고 그런 사상들은 그리스도인들로 하여금 더욱 큰 두려움을 갖게 했다. 지금 당하고 있는 고통보다 더 큰 고통이 올 것이라는 생각 때문이었을 것이다.

그러나 오늘 말씀은 인간의 그런 두려움과는 달리, 하나님께서는 당신의 백성들을 위해 당신께서 계획하시는 일들을 이루신다는 것을 우리에게 말씀하고 있다. 아무리 인간적으로 강한 힘을 갖고 있는 왕이라 할지라도 종국에는 하나님의 심판 앞에서 멸망하게 될 것이며, 하나님의 이름을 망령되이 일컫는 각 도시와 국가들도 결국에는 무너지게 될 것이기 때문이다. 즉, 세상 속에 흐르고 있던 두려움의 소식에 대해 요한계시록의 저자는 하나님의 생각으로 그리스도인들이 바뀌길 원했던 것이다.

오늘 이 시대에도 우리를 두렵게 하는 세상적인 근심과 불안함들 속에서 우리가 붙잡아야 할 것은 무엇일까? 그것은 바로 하나님께서 당신의 백성들을 친히 보호하시고, 모든 환난 속에서도 승리하게 하신다는 약속의 말씀이다. 순교자들에 대한 평가도 마찬가지다. 세상 속에서는 그들이 어리석은 죽음을 맞이한 것 같으나, 하나님께서는 그들을 가장 고귀한 자리에 앉히셨다(계 20:4). 이것이 우리의 소망이며 인내할 근거이다.

"주님, 오늘도 우리를 염려하게 하는 세상의 여러 소리들 속에서 우리를 승리하게 하실 주님의 음성만을 듣게 하옵소서. 예수님 이름으로 기도합니다. 아멘."

- 2014년 11월 20일 말씀 묵상

생각하는 질문

- 당신은 지금 어떤 일로 고민하고 있습니까?
- 당신이 갖고 있는 문제를 두려움이라는 감정을 분리한 뒤에 바라보실 수 있습니까?
- 그렇게 했을 때 무엇이 달라졌습니까?

3.

나의 구원은
- - - - - - - - - - - - - - -
주님이 붙잡고
- - - - - - - - - - - - - - -
계시다
- - - - - - - -

#죽음에 대한 두려움
#천국 #영원한 생명

죽음에 대해 처음 알게 되었을 때

어린 시절, 나는 할머니와 많은 시간을 보냈다. 당시 아버지는 교회를 개척하시고 목회하시면서 서울로 대학원을 다니셔야 했고, 어머니는 고개 넘어 이웃 마을의 고등학교 선생님을 하시며 가정의 재정을 책임지셔야 했기 때문에 할머니께서 나를 많이 돌봐 주셨다. 자칫 서운할 수도 있는 일일 텐데, 오히려 내게 있어 할머니와 보냈던 그 시간들은 보물과 같은 추억이 되었다. 그만큼 할머니로부터 많은 사랑을 받았고, 나 또한 할머니를 사랑했기 때문이다. 그분이 돌아가신 지 30년이 지난 지금도 내 귓가에는 할머니의 음성이 남아 있고, 내 삶에는 할머니의 기도와 손길이 여전히 남아 있다.

그런데 그런 할머니와의 행복한 시간들 속에서 내가 펑펑 울었던 기억이 두 번 있었다. 그 첫 번째는 사람이 죽는다는 사실을 할머니로부터 들었을 때이다. 아직 인생을 얼마 살지도 않은 나이였고 사리를 분별할 줄도 모르는 나이였지만, 사람이 죽는다는 사실은 내게 큰 충격이었다. 그리고 나도 언젠가 죽어야 한다는 사실을 들었을 때는 더욱 큰 충격에 아예 오열(!)을 했다. 아마 당시에는 모든 사람은 죽는다는 그 말이 나도 곧 죽을 것이라는 말로 이해가 되었던 모양이다. 그만큼 할머니로부터 전해들은 인생의 그 깊은 진리는 어린 내가 소화하기에 너무 컸었다.

두 번째로 할머니 품에서 펑펑 울었던 기억은 내가 군대에 가야 한다는 사실을 할머니께서 말씀해 주셨을 때이다. 당시 나의 삼촌들 중에는 군복무 중인 분이 계셔서 나도 몇 번 할머니 손을 잡고 면회를 갔던 기억이 난다. 아마 그런 선상에서 군대 이야기가 시작되지 않았나 싶다. 할머니께서는 내게 어른이 되면 군대에 가야 한다고 말씀해 주셨는데, 그 사실을 듣고 난 뒤 나는 또 다시 할머니 품에서 군대에 가기 싫다고 떼를 쓰면서 울다 잠이 들었다. 단순히 군대에 가기 싫어서가 아니었다. 당시 내가 알고 있던 군인은 '이순신 장군'이 거의 유일했는데, 이순신 장군도 군대에서 전쟁을 하다 돌아가시지 않았는가? 즉 어린 나의 논리에서는 남자가 군대에 가야 한다는 말이 곧 전쟁터에 나가 죽는다는 말과 동일했다.

결국 죽음에 대한 걱정이 나로 하여금 또 다시 할머니 품에서 울게 했던 것이다. 우스운 나의 이 경험은 사실 내 안에 내재된 두려움의 표출이었던 것 같다. 무슨 이유로 내가 죽음에 대해 두려움을 갖기 시작했는지, 또 죽음에 대해 부정적으로 생각하게 되었는지는 모르지만, 죽음에 대한 두려움은 그 이후로도 여러 번 맹렬히 나를 공격하였다.

믿음이 없는 것이 아니거든!

사실 공황발작이 일어나고 나면 가장 먼저 드는 생각도 '곧 죽을 것 같다'는 생각이다. 이것이 큰 두려움으로 이어지고, 아무렇지도 않은 상황이—심지어 건강하기까지 한데도—절체절명의 위기로 바뀌게 된다. 이런 상황을 잘 모르는 믿음 좋은 분들은 나의 그런 이야기를 들으면, 그리스도인들이 죽으면 천국 가는 것이 당연하니 그런 생각이 찾아와도 담대하면 된다고 말씀해 주시곤 한다. 물론 내 머릿속에서도 그런 말씀을 거부하거나 믿지 못하는 것은 아니다. 하지만 그런 상황이 한 번 닥치고 나면, 마치 큰 이불이 내 온몸을 덮듯이, 죽음에 대한 공포가 나를 순식간에 삼켜 버린다. 그리고 그 경험은 한두 번으로 마치지 않고 반복적으로 여러 차례 찾아오기도 한다. 이 생각을 극복하기 위해 나름대로 찬양도 듣고 말씀을 읽기도 하지만, 이미 예민해질 대로 예민해진 나의 생각은 말씀을 읽는 중에도 내가 원하지 않는 생각으로 자꾸만 기울어진다. 마치 해리 포터가 볼드모트의 생각을 경험하듯이 말이다.

이런 일들은 경험해 보지 않은 이들에게는 답답해 보일 뿐이고, 경험을 하는 이들에게는 스스로의 믿음 없음을 한탄하며 자괴감을 느낄 만한 일이다. 나 역시도 수 년 동안 이 문제를 믿음이라는 말 안에서 풀어 보려고 해 보았다. 공황장애 약봉지를 쓰레기통에 집어던져 보기도 하고, 유명한 치유 집회에 찾아가서 믿음으로 다 나았다고 고백해 보기도 했다(물론 집회 도우미가 증명할 수 있냐고 물어봐서 민망하게 자리로 돌아왔지만). 하지만 결론적으로 그 모든 것들은 나의 잘못된 생각이었다. 공황발작 시 느끼는 죽음에 대한 공포는 내 몸의 자율신경계가 이상이 있다는 증거였고, 그것을 믿음으로 이겨내야 한다는 강박관념은 또 다시 내게 스트레스를 주는 일이었다.

물론 나는 지금 죽어도 주님의 은혜로 구원받고 천국에 이른다는 믿음이 있다. 그것은 내가 공황장애가 있건 없건, 큰 병이 있건 없건 상관없이 하나님의 은혜로 주어진 것이다. 중요한 것은 내 몸에 이상이 있다는 사실과 믿음의 이야기를 지혜롭게 구별해서 치료해야 한다는 것이다. 그렇지 않으면 내가 어린 시절 잘못 생각했던 것처럼, 군대 가면 이순신 장군과 같이 죽을 것이라는 말도 안 되는 결론에 이를 수 있다.

죽음은 생각보다 가까이 있었다

휴가차 한국에 왔을 때, 공황장애 치료로 유명한 병원을 찾아갔다. 꽤 긴 검사지를 풀고 난 뒤 의사 선생님과 상담을 했다. 부산발 양양행 비행기에서 내린 일, 그 외에도 여러 차례 공황발작을 경험한 일 등, 그동안 내게 있었던 일들을 말씀드렸다. 그렇게 내 이야기를 들으시던 의사 선생님께서 혹시 인생에서 충격적인 사건이나 죽음을 경험한 적이 있는지를 물으셨다. 보통 그런 충격들에 의해 죽음에 대한 공포들이 증폭되어 나타날 수도 있기 때문이다. 그 질문을 듣고는 내 머릿속에 자리 잡고 있던 안타까운 기억 하나를 말씀드렸다.

20대 한창 나이에 나는 어디서든 축구할 일이 생기면 달려 나갈 만큼 축구하는 것을 좋아했다. 그러던 어느 해 가을, 교단별 축구대회에서 충격적인 사건이 일어났다. 당시 우리 팀이 전반전 경기를 마치고 다시 후반전 경기를 위해 운동장으로 나가는데, 바로 내 옆에 계시던 목사님께서 갑자기 '어이쿠' 하시면서 운동장에 쓰러지신 것이다. 사실 쓰러지시기 직전까지도 앞에 계시던 심판분과 인사를 나누셨기에, 나는 이 심판분과 오랜만에 만나 반가운 마음에 목사님께서 장난으로 절을 하시려나보다 하고 생각했다. 그만큼 대수롭지 않은 상황이었다.

그런데 갑자기 뒤에서 사람들이 한 명씩 모여들더니 목사님을 세차게 흔들며 깨웠다. 나도 그제서야 놀라서 뒤를 돌아보았다. 이런! 불과 몇 초 전까지 함께 경기장으로 걸어 들어가던 목사님께서 그대로 의식을 잃으신 것이다. 여기저기서 119에 전화를 하고, 응급조치를 하실 수 있는 분들은 나서서 기도를 확보하고 인공호흡을 하는 등 상황은 급박하게 돌아갔다.

하지만 현장의 급박함과는 달리 응급 구조 요원들은 10분이 지나서야 도착했다. 제일 가까운 곳에 있던 구조대는 이미 다른 현장에 출동한 상태여서 다른 지역 구조대에서 출동을 했기에 늦어진 것이라 했다. 그 사이에 쓰러지신 목사님의 상황은 많은 목사님들의 노력에도 불구하고 나아진 기색 없이 오히려 더욱 좋지 않게 흘러간 것 같았다. 현장에 도착한 응급 구조 요원들도 할 수 있는 모든 것을 해 보았지만 현장에서는 더 이상 할 수 없어서 구급차에 목사님을 모시고 가까운 병원 응급실로 달려갔다.

그 자리에 남은 150여 명의 목회자들과 사모님들은 대회를 중단하고 쓰러지신 목사님을 위한 기도회를 시작했다. 도무지 믿을 수 없는 사건을 눈앞에서 본 나도 대체 이게 무슨 일인지, 또 하나님께서는 어떻게 이 일을 풀어 가실지를 물으며 기도했다. 그렇게 운동장에서 뜻하지 않게 시작된 기도회는 근처 교회로 장소를 옮겨 오후 늦게까지 이어갔다. 하지만 간간히 병원 응급실에서 들려오는 목사님의 소식은 희망적이지 않았다.

몇 달 뒤, 다시 그 목사님에 대한 소식을 들었을 때에도 여전히 의식을 찾지 못하고 계신다는 이야기만 들어 마음이 안타까웠다. 그리고 나는 더 이상의 소식을 듣지 못한 채 새로운 사역지로 떠났다. 10년이 훨씬 지난 지금도 또렷이 기억할 만큼 그 일은 내게 큰 충격을 주었다. 그리고 사람이 죽는다는 것이 이렇게 갑작스럽게 다가올 수 있구나 하는 것을 그 때 새삼 깨닫게 되었다. 그 일을 겪고 난 뒤 나에게는 필요 이상의 걱정과 불안이 생겼다. 그리고 이런 것들은 나를 더욱 나약한 겁쟁이로 만들었다. 특별히 죽음에 대해서는 더욱 그랬다. 하지만 이미 목회자의 길에 들어선 나는 함부로 죽음이 걱정된다거나 두렵다는 이야기를 꺼낼 수가 없었다. 누가 못 하게 해서 꺼내지 못한 것이 아니라, 그 말을 꺼내는 순간 나 스스로 믿음 없는 사람인 것 같아 속으로만 끙끙 앓았다.

어느 겁쟁이 목사의 공황장애 일기

❧ 나의 구원은 주님이 준비하신다 ❧

　사실 나뿐만이 아니라 세상의 많은 사람들이 죽음과 가까워지는 것에 대해 꺼려하고 두려워한다. 그래서 죽음이라는 말 앞에 서면 돈이 많은 사람이건 적은 사람이건, 높은 자리에 있는 사람이건 그렇지 않은 사람이건, 인기가 있고 없고의 여부를 떠나 움츠러들 수밖에 없을 것이다. 실제로 장례를 집례하기 위해 화장터를 가게 되면, 인간은 모두 죽는다는 사실을 깨달은 날 어린 내가 울었던 것보다 더 큰 소리로 통곡을 하는 유가족들을 만나게 된다. 어떤 분들은 주저앉아 있기도 하고, 또 어떤 분들은 남들 시선에도 아랑곳하지 않고 고래고래 소리를 지르기도 한다. 체면도, 사회적 지위도 모두 사라졌다. 오직 죽음이라는 그 사건 앞에 남은 자와 떠난 자의 경계만 느껴질 뿐이다. 물론 사랑하는 가족을 잃은 슬픔은 그 눈물에 다 담아 내도 한이 없겠지만, 기독교의 신앙은 죽음을 슬픔과 눈물만으로 이야기하지 않고 있음을 우린 또한 알고 있다.

　내가 속한 교단(기독교 대한 감리회) 예식서에는 장례를 집례할 때 유가족과 우리에게 영생의 소망이 나눠질 수 있도록 요한복음 14장 1~6절의 말씀을 선택하고 있다. 그 말씀은 예수님께서 십자가를 앞에 두시고 제자들에게 고별사를 하시는 장면을 배경으로 하고 있다.

그날 저녁, 평소와는 다르게 제자들의 발을 씻겨 주시고, 마지막 저녁식사를 나누고, 앞으로 제자들에게 일어날 일들을 알려주시는 예수님의 그 말씀들을 들으며 제자들은 얼마나 마음이 두려웠을까? 혹 이들은 자신들이 과연 살아서 아침을 맞이할 수 있을지 염려하지는 않았을까? 그런데 그런 제자들의 마음을 아셨는지, 예수님께서는 제자들을 향해 두려워하지 말 것을 당부하셨다. 그리고 당신의 죽음이 제자들을 위해 '거처를 예비하러 가는 일'이라고 덧붙여 말씀하셨다.

참 심오한 말씀이다. 선뜻 달려들어 말씀을 해석해 내기에는 인간의 이성으로 이해할 수 있는 폭이 너무 작다. 아마 당시 제자들도 마찬가지였을 것이다. 예수님께서 하신 말씀을 이해하고자 요한복음 14장을 천천히 살펴보면, 예수님께서 고별사를 하시는 중에 제자들과 문답이 이뤄졌음을 알 수 있다. 그리고 이를 통해 우리는 부활과 영원한 생명에 대해 예수님의 생각과 제자들의 생각이 어떻게 다른지, 그리고 그 이해의 차이를 예수님께서는 어떻게 풀어 주시는지를 볼 수 있다. 나는 그 내용을 이해하기 위해 다음과 같이 말씀을 요약해 보았다.

· 모두가 죽음을 생각할 때, 예수님은 영생을 말씀하고 계신다.
· 제자 중 한 명인 도마는 자신이 길을 모른다는 사실에 걱정하고 있다.
· 그러나 예수님은 당신께서 이미 그 길을 알고 계신다고 말씀하신다. 예수님께서 그 길을 통해 우리에게 오셨기 때문이다.
· 또 다른 제자인 빌립은 하나님을 볼 수만 있다면 좋겠다고 요청한다. 아마도 빌립은 꽤 오랫동안 이 고민을 갖고 있었던 것 같다. 그

리고 어쩌면 이것은 신앙의 불확실함 속에 살아가는 우리 모두의 고민을 대변하는 질문일 수도 있다.

· 하지만 예수님은 당신 안에서 하나님을 만날 수 있다고 말씀한다.

더 많은 설명이 필요할까? 물론 그럴 수도 있다. 그런데 예수님은 제자들의 이해를 돕기 위해 더 많은 설명을 하지 않으셨다. 오히려 예수님께서 그들 안에 함께하심을 경험함으로 이 깊은 신비가 열려질 것이라 말씀하신다. 나는 이것을 하나님 편에서의 논리라고 말하고 싶다. 그리고 사실 이것은 성경 속에서 반복해서 나타나는 하나님의 증명 방법이다. 이론적인 증명을 요구하는 세상의 방법과 달리 성경은 경험을 통해 하나님을 우리에게 증거하고 있기 때문이다.

물론 성경 안에는 우리의 이성적인 논리와 역사, 철학적인 배경을 통해 이해가 되는 말씀들도 있다. 하지만 성육신, 삼위일체와 같이 인간의 언어만으로 그 모든 이해를 담을 수 없는 것들도 있음을 우린 인정해야 한다. 그리고 그런 부분들은 예수님의 말씀처럼 보혜사 성령께서 내 안에 거하실 때 실재가 되고 경험이 되어 비로소 완전히 이해될 수 있다. 실제로 제자들은 예수님께서 말씀하신 모든 일들을 경험한 뒤에야 이것을 이해했다. 그리고 정말 예수님의 말씀 이외에는 이 일에 대해 설명할 방도가 없어 우리에게도 이렇게 전했을 것이다.

나는 작년 가을(2018년 가을)부터 커뮤니케이션에 대해 공부하고 싶어서 새롭게 대학원 공부를 시작했다. 그 중 한 수업에서 책을 읽고 발표를 할 기회가 있었는데, 발표의 제목이 '사람들은 진짜를 보여줘도 믿지 않을 것이다'라는 것이었다. 발표의 내용은 포토샵(Photoshop) 등과 같은 사진 편집 프로그램을 통해 언론이 얼마든지 대중을 속일 수 있다는 이야기들이었다. 발표가 마친 뒤 여러 원우들이 토론을 했다. 주요 주제는 '그럼 우리가 어떻게 해야 속지 않을 수 있을까?'였다. 이에 대해 재미있는 대화들이 오고갔다.

그런데 수업이 끝나고 한 원우가 남아서 내가 목사인 것을 알고 질문을 했다. 교회에서는 어떻게 복음이 진짜라고 말할 수 있는가 하고 말이다. 그래서 이렇게 대답했다. '설교를 통해 설득시키고 이해시키는 것은 한계가 있다. 하지만 본인이 직접 영적인 경험을 통해 깨닫게 된 것은 그의 삶에서 변하지 않는 진짜가 된다'라고……. 그만큼 우리 신앙에 있어서 영적인 경험은 중요하다. 살아계신 주님을 경험하고 나면 말씀이 우리 안에 실재가 되기 때문이다.

조금 돌아왔는데, 요한복음 14장의 말씀을 이렇게 정리하고 나니 죽음을 넘어서는 영원한 생명에 대해 예수님께서 하신 말씀에 용기가 생긴다. 예수님께서는 제자들에게 이렇게 말씀하셨다.

"내가 너희를 위하여 거처를 예비하러 간다."

이때 '예비하다'는 단어는 헬라어로 '헤토이마조'이다. 이 단어는 신약성경 내에서 여러 차례 사용이 되었는데, 요한복음 14장의 말씀이 있기 전, 즉 유월절 만찬(우리가 흔히 최후의 만찬이라 부르는)이 있기 전, 예수님께서 제자들에게 유월절을 보낼 장소를 준비시키는 장면에서도 사용

된다. 누가복음의 말씀에 따르면 예수님께서 베드로와 요한을 보내시며 유월절 만찬을 준비하도록 하신다. 베드로와 요한의 입장에서는 자신들이 선발대가 되어 장소를 알아보고 예수님께서 오실 수 있도록 준비하는 역할을 맡았다고 이해했을 것이다. 그런데 성경은 그것마저도 예수님께서 이미 다 예비하셨음을 우리에게 보여준다. 예루살렘 성내에서 만날 만한 사람을 예수님께서 이미 예비하셨던 것이다.

죽음과 영원한 생명에 대해서도 마찬가지다. 니고데모의 이야기(요한복음 3장)에서도 보듯이, 당시 사람들의 생각에는 영원한 생명에 이르기 위해 인간의 편에서 무엇을 준비해야 하는가에 대한 고민이 있었다. 하지만 예수님께서는 그 일에 대해 인간의 편에서의 준비가 아닌, 당신을 통해 모든 것들이 예비될 것이라고 말씀하신다. 다시 말해, 우리의 죽음과 동시에 주어질 영원한 생명은 이미 주님께서 준비하셨다는 말씀이다. 하지만 너무도 쉽고, 너무도 많이 들은 이 말씀이 인간의 편에서 여지를 갖게 될 때, 우리는 죽음에 대한 두려움을 갖게 된다. 여전히 내가 해야 할 일이 남아 있다 생각하기 때문이다.

하지만 성경은 처음부터 끝까지 하나님께서 우리를 위해 예비하신 일들을 기록하고 있다. 하나님께서는 세상을 창조하셨을 때에도 인간을 창조하시기 이전에 모든 것들을 다 예비하시고 그 안에 인간을 두셨다. 아브라함을 부르셨을 때에도 스스로 살 곳을 찾으라고 말씀하신 것이 아니라 그를 위하여 예비하신 땅에 그가 가도록 이끄셨다. 또한 이집트에서 종살이 하던 이스라엘 백성들을 이끌어 내셨을 때에도 하나님은 너무도 세심하게 그들의 갈 길을 예비하시고 이들이 차지할 가나안을 준비시켜 주셨다. 여리고 성을 무너뜨릴 때에도, 다윗을 왕으로 부르셨을 때에도, 바벨론 포로생활을 마치고 그들이 다시 예루살렘으로 돌아오는 모든 여정에서도 성경은 하나님께서 먼저 예비하셨다고 말씀한다.

그런데 문제는 인간들이 하나님의 예비하심 아래에 '악성댓글'을 달기 시작하면서부터 발생했다. 하나님께서 예비하신 에덴에 살았던 아담과 하와는 하나님의 손을 벗어나고자 하는 욕망에 붙잡혀 에덴을 잃어버렸고, 하나님께서 예비하신 땅에 도착한 아브라함은 가나안의 기근이 두려워 이집트로 내려갔으며, 이집트를 탈출한 이스라엘 백성들은 하나님께서 예비하신 가나안을 목전에 두고 적들의 강함과 자신들의 능력을 운운하다 40년의 유랑을 경험해야 했다.

예수님께서 우리에게 주신 죄 사함의 은혜와 영원한 생명에 대한 약속도 우리가 우리의 편에서 더해야 할 것이 있는가를 생각하다 보면 절망적일 수밖에 없을 것이다. 하지만 예수님은 우리에게 당신께서 모든 것을 예비하셨다고 말씀하시며 우리를 천국 잔치에 들어설 수 있도록 부르셨다(마태복음 22장). 그래서 우리 그리스도인들은 이생의 죽음 앞에서도 하나님의 은혜를 발견하고 찬송을 하는 것이다. 얼마나 감사한가? 나의 구원을 내가 붙들고 있는 것이 아닌, 예수님께서 붙들고 계시니 말이다.

우리에게 생명을 주시는 하나님

2018년은 우리 가족들에게 있어서 큰 사건이 있었던 한 해였다. 양가 부모님들 중 우리 아버지와 어머니, 그리고 장인어른께서 큰 수술을 하셨던 것이다. 일 년 중 절반의 시간 동안 부모님들의 입원과 수술을 경험하며 나는 그 어느 때보다도 인간의 죽음에 대해 많이 생각하게 되었다. 처음 시작은 장인어른의 건강검진 결과로부터 시작되었다. 2018년 초부터 장인어른께서 건강 문제로 눈에 띄게 힘들어하셨던 터라 자식들은 몇 차례 건강검진을 받아볼 것을 권유했었다. 그러나 형편이나 시간이 마땅하지 않아 차일피일 미루던 중에, 이제는 정말 결단해야 하는 상황까지 이르게 되었다. 그래서 나는 무작정 우리 집 근처 건강검진센터에 종합검진 예약을 하고 장인어른의 직장에는 휴가를 내시도록 했다.

안타깝게도 우리의 생각보다 장인어른의 상태는 심각했다. 아예 대장내시경 검사를 할 수조차 없는 상황이었다. 이에 곧바로 모 대학병원에 장인어른에 대한 진료를 의뢰했고, 감사하게도 빠르게 입원 일정이 잡혀 필요한 검사들이 진행될 수 있었다. 검사 결과 장인어른은 직장암이었다. 이미 암덩어리가 크게 자라서 바로 수술하는 것은 불가능했고, 방사선 치료가 선행된 뒤에 상황을 보면서 수술을 해야 하는 상황이었다.

한편, 장인어른의 검사가 진행되는 동안 나는 가슴 아픈 전화 한 통을 받았다. 우리 아버지에게 간암이 재발되었다는 전화였다. 아버지께서는 이미 2012년에 한 차례 간암수술을 받으신 뒤 관리를 잘 하셔서 작년에 완치 수준에 이르렀는데, 정기 검진 결과 암세포가 다시 발견된 것이었다. 여간 마음이 답답한 것이 아니었다. 양가 아버지들 모두가 큰 수술을 받으셔야 하는 상황……. 쉽게 이 사실들을 받아들이기 어려웠다. 그 소식을 내게 전하는 아버지는 아들이 받을 충격이 미안했는지 연신 괜찮을 테니 걱정하지 말라며 전화를 끊으셨다. 그리고 몇 주 뒤, 우리 아버지도 병원에 입원을 하셨다.

아버지의 수술을 얼마 앞둔 월요일, 이번에는 우리 어머니가 몇 년 전 암수술을 받으신 것에 대해 정기 검사를 받아야 하는 날이 되었다. 사실 어머니에 대해서는 크게 걱정을 하지 않고 있었다. 식사도 잘 하셨고, 별다른 특이 사항이 없었기 때문이다. 그런데 어머니와 함께 담당 의사선생님으로부터 검사 결과를 듣는 순간 나는 크게 낙담할 수밖에 없었다. 그동안 어머니의 몸 속에 암덩이인지 아닌지 확실하지 않아 주시하고 있던 세포 하나가 있었는데, 그것이 커져서 이를 제거하는 수술을 받아야 했던 것이다. 장인어른에 이어 아버지, 어머니까지 세 분의 수술……. 연세 드신 부모님들의 건강을 장담할 수 있는 자식이 어디 있겠냐마는, 그래도 이 상황은 좀 심한 것 아닌가 하는 생각이 들어 하나님께 원망 섞인 기도들을 했다.

이 모든 상황들을 겪어가며 나는 나대로 마음이 가라앉았지만, 아내

　　　　　　　　　　　　　　어느 겁쟁이 목사의 공황장애 일기

는 또 아내대로 힘든 시간을 보내야 했다. 아이들을 보살피며 양가 부모님들을 신경 써야 하는 일이 마음도 그렇고 물리적으로도 쉽지만은 않았다. 그나마 장모님께서 오셔서 집안일을 도와주셨지만, 세 아이들을 돌보며 또 매일 같이 병원을 가야 하는 아내의 몸과 마음은 지쳐만 갔다. 죽음, 아픔, 수술……. 당시 우리 부부의 마음속에 자리 잡고 있던 단어들은 이런 것들이었다.

그러자 아내에게도 내가 겪은 것과 같은 공황장애 증상이 찾아오기 시작했다. 병원에 들어가는 것을 힘들어 하게 되고, 식사하는 것과 숨 쉬는 것에 답답함을 느꼈던 것이다. 그동안 갖고 있던 우울증세도 이전보다 심해졌는데, 그렇다고 해서 또 자기를 돌볼 수 있는 상황은 아니었다. 우리 부부는 그냥 그렇게 그 시간을 지나가고 있었다. 그 어느 때보다도 서로에 대한 격려가 필요했지만, 나는 내가 메고 있는 마음의 짐이 무거워 그렇게 하지 못했고, 아내는 아내대로 자신의 상황이 힘들어 그렇게 하지 못했다. 부부간의 관계도 예전 같지 않았고, 서로 건드리지 않는 것이 상책이라며 대화를 줄였다.

개인적으로 그 시간을 지나오며 내 안에 가장 많이 반복 재생되었던 찬양의 가사는 이것이었다.

고단한 인생 길, 힘겨운 오늘도
예수 늘 함께하시네
지나간 아픔도 마주할 세상도
예수 늘 함께하시네

믿음의 눈 들어 주를 보리
이 또한 지나가리라
주어진 내 삶에 시간 속에
주의 뜻 알게 하소서

보통의 신앙인이라면 '주의 뜻 알게 하소서'의 가사에 더 많은 비중을 두었겠지만, 나는 그보다 '이 또한 지나가리라'의 가사에 더 많은 비중을 두었다. 부모님들의 예정된 수술이 잘 지나가길 바랐고, 기왕 지나갈 것이라면 속히 그 시간들이 지나가기를 구했다. 감사하게도 그 기간 동안, 사역하던 교회 목회자들과 성도님들은 그런 우리 가정을 위해 많은 기도를 해 주셨다. 또 여러분들로부터 많은 사랑과 격려도 받았다. 나의 메마름과 부족함을 하나님께서는 믿음의 공동체를 통해 채워주신 것이다. 특히 20여 년간 의형제처럼 지냈던 담임목사님은 나의 세밀한 부분까지 챙겨 주시려고 애를 많이 쓰셨다. 오히려 나보다 더 내 상황을 걱정해 주시고, 우리 부부를 위해 많은 배려를 해 주셨다.

아버지가 수술을 마치고 입원실로 돌아오신 뒤, 아직 온전한 숨을 내쉬지 못하시면서도 하나님께 감사 기도를 하셨다.

"또 다시 새 생명을 갖게 하시니 감사합니다. 남은 인생도 주님을 위해 살게 하옵소서."

몇 달 동안 나는 내 안에서 죽음이라는 글자에 눌려 살아왔는데, 아

어느 겁쟁이 목사의 공황장애 일기

버지는 새 생명이라는 글자를 붙잡고 그 여정을 걸어오셨다. 비단 우리 아버지뿐만이 아니었다. 장인어른께서는 치료가 불확실한 상황 가운데에서 매순간 하나님의 말씀을 듣고 찬송하며 당신 안에 하나님의 생명을 채워 가셨다. 우리 어머니께서도 수술을 앞두고 당신의 삶에 천국도 감사한 일이라며 오히려 불안해하는 나를 안심시키셨다. 결국 문제는 나에게 있었다. 나는 겉으로는 강한 척 살아왔지만, 나의 내면에는 끊임없이 죽음과 마주하는 것을 두려워하며 그것을 피하려 하고 있었다. 이론은 잘 알고 있었으나, 현실에서 적용하지 못하는 오합지졸 목사였던 것이다.

🌿 인생의 스올은 버리는 시간이 아니다 🌿

그 해 추석은 양가 부모님을 뵈러 가면서도 그다지 마음이 편하지만은 않았다. 몇 주 뒤 우리 어머니와 장인어른의 수술이 남아 있었기 때문이다. 상황이 상황인지라 다른 친척들까지 다 모여 왁자지껄 명절을 보내기보다는 우리 가족들끼리만 조촐하게 보내기로 했다. 아버지 집으로 가는 중에 추석명절예배에 어떤 말씀을 전할까 고민이 되었다. 그러다 시편 139편 8절의 말씀이 생각났다.

> 내가 하늘로 올라가더라도 주님께서는 거기에 계시고, 스올에다
> 자리를 펴더라도 주님은 거기에도 계십니다.(시 139:8, 새번역)

이 시편은 다윗의 시로 알려져 있다. 개인적인 생각이지만, 다윗의 시편은 성경에 나오는 그의 인생을 상상하며 묵상을 할 때 더 큰 은혜가 느껴지는 것 같다. 이 시편도 그런 것들을 염두해 두고 묵상해 봄직하다. 우리가 잘 알고 있듯이, 왕으로서의 다윗은 인생 최고의 절정을 맛본 사람이었다. 반면, 인간이 경험할 수 있는 가장 억울한 일과 생명의 위협과 불행을 경험하기도 했던 사람이었다. 이것을 이 시편에 나오는 시어(詩語)로 표현하면, 그는 하늘과 같은 영광도 경험했지만, 스

올(the world of the dead)이라고 표현할만한 인생의 바닥도 경험한 사람이라고 할 수 있다. 그런데 이 모든 상황을 경험한 그가 내린 결론은, 주님은 어디에나 계셨다는 것이다. 우리의 상식으로는, 또한 당시 사람들의 생각에도, 하나님을 만나는 자리는 하늘 끝과 같은 영광을 통해 이루어지는 것이 맞는데, 다윗은 그렇게 말하지 않고 본인은 스올에서도 주님을 경험했다고 말한다.

스올(Sheol)이라는 단어는 죽은 자의 세계, 또는 구덩이라는 의미를 갖고 있다. 고대 이스라엘의 사람들은 죽은 자들이 땅 밑으로 간다고 믿었기 때문이다. 이것을 의미상으로 해석하면, 가장 희망이 없는 상태가 바로 '스올'일 것이다. 쉽게 말해, 우리가 흔히 '죽을 것 같아', '희망이 없어'라고 말하는 상황이 바로 이 '스올'과 같은 상황이라고 할 수 있다. 나는 이 구절을 묵상하며 다윗의 상황을 더 깊이 생각해 보았다. 다윗의 인생에서 그가 경험했던 상황은 누가 봐도 '스올'과 같은 상황이었다. 더 이상 떨어질 곳도 없는 상황, 모두가 그를 보며 이제 곧 다윗의 인생이 끝나겠구나 하고 희망을 놓는 그런 상황 말이다.

장인(사울왕)이 자기를 죽이겠다고 곳곳을 쥐 잡듯이 찾아다녔고, 사랑하는 아들(압살롬)마저도 아버지를 죽이겠다고 덤벼들었던 그런 상황들……. 아마 그런 다윗의 모습을 본 사람들은 하나님께서 다윗을 버렸다고 말했을 것이다(삼상 23:7). 그런데 그는 그런 상황에서 더욱 하나님께 매달렸다. 오직 하나님만이 자신의 억울함과 절망적인 상황을 풀어 주실 수 있는 분이라는 믿음이 그에게 있었기 때문이다.

추석명절예배에 부모님과 이렇게 말씀을 나누며, 서로를 격려했다. 어쩌면 내 인생에서 2018년은 '스올'과 같은 시간들이었다. 좋은 일도 많이 있었지만, 가장 가까이에서 나를 응원해 주시고 아낌없는 사랑으로 돌봐 주셨던 양가 부모님들이 편찮으셨다는 사실은 늘 마음 한켠에 어두움을 갖게 하였다. 그런데 우리에게 주어진 '스올'과도 같은 시간이 사실은 그 어느 때보다도 하나님께 간절히 기도해야 하는 시간이었다. 하나님께서는 하늘 끝과 같은 영광에서만이 아니라 우리 인생의 스올에서도 우리와 함께하시는 분이기 때문이다. 그리고 그렇게 하나님의 뜻을 찾아 가며 그 시간을 보냈다.

내가 고통스러울 때 주님께 불러 아뢰었더니, 주님께서 내게 응답하셨습니다. 내가 스올 한가운데서 살려 달라고 외쳤더니, 주님께서 나의 호소를 들어주셨습니다.(요나서 2:2, 새번역)

어느 겁쟁이 목사의 공황장애 일기

Face to Face(대면하다)

인도네시아에서 사역했던 교회에는 현지 교민들을 위한 도서관이 있었다. 그 당시 죽음에 대해 남들에게는 말하지 못할 나의 고민을 도와준 책이 있었는데, 바로 헨리 나우웬의 『죽음, 가장 큰 선물』(홍성사)이라는 책이었다. 도서관에서 이 책을 발견한 뒤, 나는 이 책 한 권만 빌리기 부끄러워 맘에도 없는 몇 권의 책과 함께 대출을 받아 결국은 이 책 한 권만 읽었다. 헨리 나우웬은 이 책을 통해 많은 사람들이 말하기 꺼려하는 죽음과 영원한 삶에 대해 깊은 고민과 신앙의 고백을 담아냈다. 특별히 이 책에서 내게 인상 깊게 다가왔던 부분은 헨리 나우웬이 어머니의 태중에 있는 이란성 쌍둥이의 대화를 비유로 들어 죽음 이후에 영원한 삶과 우리를 기다리시는 하나님을 설명한 내용이었다. 그 내용을 인용하면 이렇다.

최근에 한 친구가 어머니의 자궁 안에서 대화하는 이란성 쌍둥이의 이야기를 들려주었습니다. 여동생이 오빠에게 말했습니다.

"난 말이지 태어난 후에도 삶이 있다고 믿어!"
오빠는 격렬하게 반대했습니다.

"절대 그렇지 않아. 여기가 전부라니까. 여긴 어두워도 따뜻하지, 또 우리를 먹여 주고 살려주는 탯줄만 잘 붙들고 있으면 딴 일은 할 필요도 없다구."

여동생도 굽히지 않았습니다.

"이 캄캄한 곳보다 더 좋은 곳이 있을거야. 어딘가 다른 곳 말이야. 마음껏 움직일 수 있고 환한 빛이 비치는 곳이 반드시 있을거야."

그렇지만 여동생은 쌍둥이 오빠를 설득시킬 수 없었습니다. 잠시 침묵이 흐른 뒤, 여동생이 재빠르게 말했습니다.

"말해 줄 게 또 있어. 오빠는 안 믿겠지만 말이야, 난 엄마가 있다고 생각해."

쌍둥이 오빠는 무척 화가 났습니다.

"엄마라고?"

그는 소리를 꽥 질렀습니다.

"무슨 뚱딴지 같은 소리야? 난 엄마를 한 번도 본 적이 없어. 너도 그렇구. 어떤 놈이 그런 생각을 자꾸 불어 넣는거야? 내가 말했잖아. 여기가 전부라니까. 왜 늘 그 이상을 바라는거야? 이곳도 알고 보면 그렇게 나쁜 곳은 아니야. 우리에게 필요한 게 다 있으니까. 그러니까 여기에 만족하도록 해."

오빠의 기세에 눌린 동생은 잠시 동안 말을 꺼내지 못했습니다. 하지만 동생은 자기 생각을 떨쳐낼 수가 없었고, 쌍둥이 오빠만이 유일한 이야기 상대였기 때문에, 마침내 다시 입을 열었습니다.

"가끔 무언가 꽉 조여오는 것 같지 않아? 아주 기분이 나쁘고 어떤 땐

어느 겁쟁이 목사의 공황장애 일기

아프기도 해."

"나도 그래. 그런데 그게 어때서?"

"음…… 내 생각엔 이 꽉 쪼이는 게 다른 곳, 그러니까 여기보다 훨씬 더 아름다운 곳, 엄마 얼굴을 보게 될 곳으로 갈 준비를 하라는 표시인 것 같아. 오빠는 흥분되지 않아?"

바보 같은 말에 질려버린 오빠는 대답하지 않았습니다. 그냥 무시해 버리는 것이 최선의 길처럼 보였기 때문이지요. 오빠는 동생이 자기를 제발 내버려 두기만을 바랐습니다.

『죽음, 가장 큰 선물』 p. 40~42

우리의 뜻과 상관없이 우리가 이 땅에 온 것처럼, 우리의 뜻과 상관없이 우리는 죽음을 지나 하나님께서 예비하신 영원한 삶에 이를 것이다. 그래서 헨리 나우웬은 이 부분을 정리하며 '죽음이란 우리 하나님의 얼굴을 맞대고 볼 수 있는 곳으로 데려다 주는 고통스럽지만 복 있는 관문'이라고 정의한다. 나는 그의 이 정의가 마음에 든다. 특별히 하나님의 얼굴을 맞대고 볼 수 있다는 그 말이 나에게는 깊게 다가왔다. 유명인을 만나듯 그렇게 하나님을 만나고 싶다는 얘기가 아니다. 창세 이래로 끊임없이 하나님의 얼굴을 피해 떠났던(창 3:8) 인간들이 결국에는 주님의 은혜를 통해 그분의 얼굴 앞으로 돌아간다는 그 일이 나의 가슴을 벅차게 한다.

그렇다면 이제 우리는 죽음에 대해 어떻게 생각해야 할 것인가? 헨리 나우웬의 권면처럼, 죽음은 두려워하고 부정할 대상이 아니다. 오히려 그것을 인정하고 나에게 소중한 순간이 되도록 잘 준비해야 할 일이다.

어느 겁쟁이 목사의 공황장애 일기

❧ 나는 죽음을 꿈꾼다 ❧

내가 군대에서 상병 정기 휴가를 나왔을 때 일이다. 부모님과 차를 타고 가며 계속 말도 안 되는 불평을 했다. 불평의 내용은 '스무 살로 돌아가고 싶다'였다. 불평의 시작은 하루하루 휴가 날짜가 지나가는 것이 아쉽다는 마음에서 시작되었다. 군대를 다녀온 이들은 알겠지만, 신기하게도 휴가 기간은 다른 때보다도 빠르게 지나간다. 나 역시도 그랬다. 휴가를 받아서 집에 온 지가 불과 몇 시간 전인 것 같았는데, 어느덧 복귀할 날이 다가온 것이다. 그러다보니 내 맘 속에 다시 휴가 첫날로 돌아가고 싶다는 생각이 들었다. 그리고 그런 생각이 더 깊어져서 이번에는 아예 스무 살 새내기 시절로 돌아가고 싶다고 불평을 했다. 그런데 그때 아버지께서 내게 이렇게 말씀하셨다.

"나는 일흔 살을 꿈꾼다."

아버지께서는 과거에 집착하고 미련을 갖고 있는 내게 앞을 바라볼 수 있도록 말씀하셨다. 그리고 그 말씀을 들은 뒤 나는 깊은 깨달음을 얻어 입을 다물었다. 놀라운 것은, 내가 스무 살로 돌아가고 싶다는 꿈은 이뤄지지 않았지만, 아버지의 일흔 살의 꿈은 이뤄졌다는 사실이다!

우리 모두는 죽음을 향해 가고 있다. 그러나 누구도 죽음을 꿈꾼다고 말하지는 않는다. 물론 그렇다 해도 우리는 우리가 꿈꾸지 않았던 죽음을 반드시 맞이하게 될 것이다. 나에게 죽음이란 것을 처음 알려 주셨던 우리 할머니도 이미 죽음을 맞이하셨고, 나의 친구들 중에도 이미 죽음을 맞이한 이들이 있었다. 또 나 역시도 이전과는 다른 내 신체의 변화를 보면서 매일 조금씩 죽어 가고 있구나 하는 것을 깨닫는다.

오늘 낮에 대학원 단체 카톡방에서 한 동기가 재밌는 요청을 했다. 자신의 묘비명에 어떤 글을 쓰고 싶은지 보내 달라는 것이었다. 마침 나도 이 글을 쓰고 있던 터라 흘려듣지 않고 반나절 가량 고민을 해 봤다. 얼마 전 문학 박물관에서 본 세르반테스의 묘비 문구에는 '미쳐서 살다가 깨어서 죽었다'라는 글이 적혀 있었다. 뭔지 모르게 인생의 깊은 지혜가 담겨 있는 것처럼 보였다. 그래서 나도 내 인생을 표현할 수 있는 그런 문구를 적고 싶었다. 그렇게 반 나절 동안 고민을 하다가 자정이 거의 다 되어 이런 문구를 동기에게 적어 보냈다.

"지금까지도 행복했지만, 더 큰 행복이 있다기에 출발합니다."

여전히 내 마음 한 구석에는 스무 살 시절로 돌아가기 바라는 철없는 꿈이 조금은 남아 있다. 하지만 그보다 더 큰 꿈은 내게도 찾아올 죽음이라는 그 순간을 아름답고 담대하게 지나갔으면 하는 것이다. 부정하지 않고, 피하려 하지 않고 주님께서 주신 삶을 잘 살아가다가 주님께서 예비하신 곳으로 가는 것……. 이제는 그런 죽음을 나의 꿈으로 삼고 걸어가고 싶다.

나는 이제 세상 모든 사람이 가는 길로 간다. 너는 굳세고 장
부다워야 한다.(왕상 2:2, 새번역)

"죽음과 가까이 있는 자가 아닌 생명에 붙어 있는 자"

그는 어떤 주검에도 가까이해서는 안 된다. 자기 아버지나 어머니가 죽었을 때에도, 그 주검에 가까이하여 몸을 더럽혀서는 안 된다. 대제사장은 절대로 성소에서 떠나서는 안 된다. 그가 섬기는 하나님의 성소를 더럽혀서는 안 된다. 그는 남달리, 하나님이 기름 부어 거룩하게 구별하고 대제사장으로 임명하였기 때문이다. 나는 주다.(레 21:11~12, 새번역)

오늘 말씀은 한국적 윤리 의식에서 보면 말이 안 되는 말씀이다. 또한 목회자의 중요한 사역 중의 하나인 장례 집례를 볼 때에도 마찬가지다. 그래서 이 말씀이 내 마음에 부딪히며 과연 어떤 의미일까를 생각해 보게 되었다. 하나님은 과연 이 말씀을 주시며 어떤 마음이셨을까? 그리고 이 말씀을 붙들고 계속 묵상할 때 이런 깨달음을 주신다.

"대제사장은 죽음과 가까이 있는 자가 아니라 생명에 붙어 있는 자다."

하나님께서는 대제사장이 죽음에 깊이 관여하지 않길 바라셨던 것 같다. 심지어 부모의 죽음의 자리까지도 말이다. 대제사장은 생명을 선포하는 자리이다. 죽을 수밖에 없는 죄인들이 자신들의 희생제물을 갖고 올 때 그것을 성소에 뿌리며 이들을 죽음에서부터 생명으로 인도하는 안내자가 되는 것이 그의 가장 큰 사명이다.

그렇다면 우리 모두, 특별히 목회자는 거룩한 삶을 살기 위해 장례식에 참여하면 안 되는가? 그러나 생각해 보니 믿는 자들의 죽음과 장례는 죽음을 선포하는 자리가 아니라 부활과 생명을 선포하는 자리임을 또한 깨닫게 되었다. 예수 그리스도께서 우리를 위해 부활하심으로 우리 가운데 죽음을 넘어선 영생과 희망이 생기지 않았는가! 그래서 우리는 장례의 자리에서 그리스도의 구원과 영원한 생명에 대해 이야기를 나누는 것이다.

그렇다! 그리스도인들은 죽음을 묵상하고 고난을 묵상하며 두려움에 사로잡히는 자들이 아니라 영원한 생명과 상급을 묵상하며 희망을 말하는 자들이 되어야 한다. 우리는 천국을 유업으로 받은 거룩한 백성이기 때문이다.

요즘 인도네시아 크리스천 학생들이 만든 페이스북 페이지에 '마지막 때'에 대한 의견들이 오고가고 있다. 그런데 그 이야기를 서로 나누면 나눌수록 두려움들만 증폭되는 느낌이 든다. '이제 어떻게 하지?'라는 걱정들이 생기나 보다.

분명 이 시대의 여러 징조들을 보면 주님의 때가 가까이 온 것처럼 느낄 수 있다. 그렇다면 이때 우리는 멸망을 묵상할 것인가, 아니면 구원을 묵상하며 감사할 것인가? 마지막 때에 받을 고난과 죽음을 묵상하다 보면 결국 두려움만 커지고 염려만 생긴다. 그리고 그 두려움들을 통해 우리가 가진 가장 강력한 무기인 구원의 확신과 영생의 기쁨까지도 잊어버리게 된다. 사탄이 원하는 것은 바로 그것이다. 믿는 자들이 자신들의 무기를 잊어버리는 것, 크리스천들을 무장해제시키는 것이 그의 목적이다.

우리는 죽음을 묵상하며 두려움을 키우는 자들이 아니다. 영생을 묵상하며 기뻐하고 그것을 세상 가운데 선포하는 자들이다. 그리고 그런 삶을 살 때 세상은 우리를 보며 예수 그리스도의 구원의 빛 앞으로 돌아올 것이다. 그리고 사탄이 근심하게 된다. 우리는 사탄으로부터 공격을 받는 것이 아니라 도리어 그를 공격해야 한다. 어떻게? 내가 가진 영원한 생명, 구원의 확신을 계속해서 선포하면서 말이다.

마지막 때에 많은 믿는 자들이 미혹당하는 이유는 "내가 과연 구원받았을까?" 하는 의심 때문이다. 그러니 주님 오심이 두렵고 이 시대가 보여 주는 마지막 때의 징조들이 무서운 것이다. 그 두려움을 묵상하다 보면 고난을 이길 힘을 상실하게 되고 결국 구원의 확신과 영원한 생명에 대해서까지도 잊어버리게 된다. 우리 안에 그런 두려움들이 찾아올수록 우린 믿음으로 선포해야 한다.

"우리는 죽음에 속한 자가 아니라 영생에 속한 자다!!"

고난과 죽음을 깊이 묵상하면 앞으로 당할 환난을 우리가 과연 이겨 낼 수 있을까 걱정하게 된다. 그러나 구원과 영생을 깊이 묵상하면 그 모든 것들을 이길 힘을 갖게 될 것이다. 그리고 그것이야말로 우리가 사탄을 이길 가장 강력한 무기이다.

우리가 성경을 통해 많이 보지 않았는가? "예수 그리스도의 이름"에 많은 귀신들이 떠나가고 병자들이 나았던 것을……. 이 일들은 비단 그때에만 일어났던 일이 아니다. 지금 이 시대에도 동일하게 일어나고 있다.

마지막 때에는 악한 세력들이 기승을 부리겠지만 그와 함께 성령의 역사도 정말 놀랍게 일어날 것이다. 이전에 본 적 없던 놀라운 영적 부흥이 또한 복음이 들어가지 않았던 그 땅 곳곳에서 일어날 것이다. 동남아시아에서, 아프리카에서, 중동에서, 그리고 예루살렘에서…….

오늘도 생명을 선포하는 자로 살기 원한다. 그리고 더 이상 두려움이 아닌 영생의 기쁨을 함께 나누는 삶이 있길 소망한다.

"주님, 이 시대의 많은 징조들 속에 우리가 두려워 할 때가 있습니다. 그러나 그 때에 우리에게 영생을 주신 하나님을 믿고 신뢰하며 기뻐하게 하옵소서. 고난과 죽음을 묵상하는 것이 아니라 영원한 생명과 주님 주실 상급을 바라보게 하옵소서. 인도네시아의 많은 어린 영혼들이 이 일들로 인해 혼란스러워하고 있습니다. 그들 가운데 구원의 확신을 다시 한번 돌아보는 시간 갖게 하시고 마지막 때에 거룩한 백성이 되어 사탄을 공격하는 자로 살게 하옵소서. 감사드리며 예수님 이름으로 기도합니다. 아멘."

- 2011년 11월 28일 말씀 묵상

생각하는 질문

• 당신은 죽음을 어떻게 준비하고 있습니까?
• 당신이 앞으로 맞이할 죽음은 당신의 믿음을 담아 내고 있습니까?

어느 겁쟁이 목사의 공황장애 일기

_6._

가장 좋은 것은
하나님께서 우리와
함께하신다는
것이다

#비행공포중

🌿 비행기를 탈 수 있을까? 🌿

부산발 양양행 비행기 탑승에 실패한 이후 비행기를 타는 것에 대한 두려움이 생겼다. 작은 비행기뿐만 아니라 큰 비행기도 말이다. 사실 나는 성인이 되고 나서 이런저런 핑계를 만들어서라도 일 년에 한두 차례 비행기를 탈 만큼 비행기를 타는 것을 좋아했고, 내게 있어 공항에 가는 일은 늘 흥분되는 일이었다. 심지어 괌(Guam)에 한 달 동안 있을 때에는 경비행기(마치 시골길을 달리는 완행버스처럼 심하게 흔들거리며 주변 섬들을 경유해 가는)를 타고 근처 사이판(Sipan)에 다녀올 정도로 비행기를 타는 것에 대한 두려움은 조금도 없었다. 오히려 비행기를 타는 것이 좋아 해외에서 사는 삶을 동경했던 것도 사실이었다.

그런데 그날의 경험 이후 모든 것이 바뀌었다. 둘째 아이의 출산에 맞춰 휴가를 받아 한국에 들어왔는데, 막상 다시 인도네시아로 돌아가려니 다른 그 무엇보다 비행기를 탈 걱정에 휴가 기간 내내 밥도 제대로 들어가지 않았다. 생각을 멈추려 해도 멈춰지기는커녕, 오히려 더욱 두려움만 커졌다. 이런 경우는 고민하는 내용 자체도 우스워 남들에게 말할 수도 없었다. 이른바 '비행공포증'이었다.

내가 공황장애 치료차 다녔던 병원에서는 비행공포증 연구소도 운

영하고 있었는데, 그곳의 연구에 따르면 이 비행공포증은 전체 인구의 5~10%의 사람들이 갖고 있는 흔한 증상이라고 한다. 물론 이들 중 대부분은 단순 비행공포증을 갖고 있는 경우이기 때문에 그들의 불안감은 곧 사라지게 된다. 하지만 공황장애와 폐소공포증을 동반하였고 이륙하려던 비행기를 멈추게 한 이력이 있는 나에게 있어 비행기를 타는 일이란 단순비행공포증 증상과는 비교도 안 될 만큼 심히 괴로운 일이었다. 물론 그 일 이후에도 비행기는 무수히 많이 탔다. 9년 동안 해외생활을 하며 일 년에 평균 1~2차례 한국과 외국을 오고 갔으니……

그런데 사실 비행기를 탈 때보다 비행기를 타기 전까지 가지는 공포가 더 큰 문제였다. 어느 영화 속에서 본 비행기 추락장면들과 공포에 떠는 승객들의 얼굴들이 떠오르기도 하고, 또한 한번 이륙하면 몇 시간씩 탈출할 수 없는 비행기 내부의 모습을 상상할 때면 숨이 막혀오고 가슴이 답답해지곤 했다. 하지만 그런 공포는 정작 비행기를 타고 나면 90% 이상 사라졌다. 즉 현실에 이르면 아무 것도 아닌 일인데, 괜한 염려들이 생성되고 이것이 시나리오화되어 나를 공포로 몰아간 것이다. 하지만 이 비행공포증이라는 것이 마음처럼 쉽게 해소되는 것은 아니었다. 이미 수도 없이 비행기를 탔지만 늘 같은 불안과 공포가 찾아오니 말이다.

캐나다에 교회 개척을 하고 들어갈 때도 마찬가지였다. 2011년 3월, 나와 아내는 인도네시아 늘푸른교회에서 많은 사랑을 받으며 3년 간의 수련목회자 생활을 마쳤다. 이제 다음 단계인 목사가 되기 위해서는 내가 속한 교단(기독교 대한 감리회)의 법에 따라 담임 목회를 할 사역

지가 있어야 했다. 하지만 당시 나는 그에 대한 아무런 준비가 되어 있지 않았다. 다만 인도네시아에서의 사역을 마치기 몇 달 전부터 아내를 통해 하나님께서 우리 가정을 캐나다로 인도하시고자 하는 계획에 대해 알게 되었고, 함께 기도하면서 그 길을 걸어갈 믿음을 준비하기 시작했다. 그리고 인도네시아에서 귀국한 지 일주일 뒤, 나와 아내는 아무런 연고도 없는 캐나다 토론토를 향해 무작정 떠났다. 당시 우리 부부는 히브리서 11장에 나오는 아브라함의 여정, '부르심에 순종하여 갈 바를 알지 못하나 떠났던' 그 말씀을 붙잡고 있었다. 사실 그것 빼고는 아무것도 가져간 것이 없었다고 해야 맞을 것이다.

하지만 역시나 하나님은 신실하신 분이셨다. 우리에게는 무척이나 낯선 캐나다 토론토였는데, 그분은 늘 그렇듯이 익숙하게 당신의 일들을 준비해두신 것이다. 교회 개척을 위해 필요한 모든 절차에서부터 심지어 우리 가족들을 위한 비자(VISA)까지! 그렇게 우리 부부는 하나님의 큰 선물을 한 아름 안고 다시 한국으로 돌아와 목사 안수를 받을 수 있었다.

목사 안수를 받고 캐나다 정부로부터 비자가 나오기까지 두 달이 조금 넘는 기간 동안 한국에 머물면서 나는 이런저런 준비들을 해 나가기 시작했다. 목회에 필요한 것들부터 시작해서 또 다시 온 가족이 먼 나라로 이민을 가야 하니 이삿짐을 준비하는 것과 캐나다 정부에 제출할 서류들을 준비하는 것 등 생각보다 많은 준비들이 필요했다. 그러던 중 캐나다에서 우리 비자를 진행하던 에이전트로부터 연락이 왔다. 아내가 비자 진행을 위해 받은 신체검사에 이상 소견이 나와서 비자를 받지 못할 것이라는 내용이었다. 그래서 일단 내가 먼저 캐나다로 입국해서 비자를 받은 뒤에 그 비자를 근거로 가족을 초청하는 방법을 취해야 할 것 같다고 향후 진행 방향을 알려주었다.

사실 대단하게 큰일도 아니었고, 일이 많이 틀어진 것도 아니어서 에이전트가 말한 대로 진행을 하면 될 뿐이었다. 그런데 그 말을 듣고 난 뒤부터 내 마음은 또 다시 두려움에 휩싸이기 시작했다. 나 혼자 비행기를 타고 13시간 반이나 되는 곳을 가야 한다는 사실 때문에 말이다. 분명 얼마 전까지는 하나님께서 모든 것을 다 예비해 두셨고, 우리는 그 길을 걸어간다고 간증하고 다녔던 내가 이제는 혼자 비행기를 타야 한다는 사실에 또 혼자서 끙끙 앓기 시작했다. 비행기 앞에서는 하나님의 은혜도 뒤로 물러 버린 채 답답함만 붙잡은 그런 상황이었다.

어찌되었건 내가 가야 한다는 사실에는 큰 변화가 없었다. 오히려 성수기가 되기 전, 빨리 들어오라는 에이전트의 권고가 있었다. 하지만 나는 이런저런 핑계를 대며 항공권 구입하기를 주저했다. 그러다보니 자연스레 출국일자도 미뤄지게 되었다. 남들 앞에서는 신나게 하나님의 은혜를 말하면서 정작 속으로는 잔뜩 겁에 질린 그런 모습……. 내가 나 스스로를 봐도 답답한데, 막상 극복할 방법을 내 안에서 찾을 길이 없으니 더욱 답답할 뿐이었다. 시간을 더 이상 끌 수 없어 항공권을 구입하기는 했다. 그것도 6월 마지막 날까지 출국일을 미룬 것이었다. 당시 나는 직항으로 갈 재정적인 여력이 되지 않아 미국의 한 도시를 경유해서 가는 노선을 선택해야 했다. 한 번 타기도 힘든 비행기를 두 번이나 타야 하는 상황이 된 것이다.

하지만 그런 나의 고민과 상관없이 시간은 계속 흘러갔고 나의 출국일도 점점 가까워져 갔다. 전에도 그랬듯이 입맛이 점점 사라져 갔다. 부모님께서는 곧 떠나보낼 아들이 안쓰러워 이것저것 맛있는 것을 해 주셨지만, 나의 몸은 그것들에 큰 기쁨을 느끼지 못했다. 또 다시 비행 공포증으로 인한 불안증세가 나를 덮은 것이다. 그리고 드디어 출국을 하루 앞둔 날에까지 이르렀다.

~~ 나에게 가장 좋은 것 ~~

캐나다는 외국인들이 자국에 입국하면 공항 이민국에서 심사를 거쳐 해당하는 비자를 받게 한다. 그래서 출국하기 전 필요한 서류들을 잘 준비해야 한다. 나는 대부분의 서류들을 에이전트에서 대행해 주어서 준비하는 데 큰 무리는 없었다. 다만 출국 하루 전, 내가 속한 교단에 전화를 걸어서 어떤 일을 처리해야 할 것이 있었다. 그래서 전화번호를 알아보고자 교단 홈페이지에 들어갔는데, 그곳 메인 화면에 이런 문구가 써 있었다.

"가장 좋은 것은 하나님께서 우리와 함께하신다는 것이다."

이 문구는 감리교의 창시자인 존 웨슬리(John Wesley) 목사님의 생애 마지막 고백이라고 알려진 말이다. 사실 이미 신학교 시절부터 알고 있던 문구였고, 새로울 것도 없던 그런 고백인데, 이상하게도 그날 존 웨슬리 목사님의 그 고백을 읽고 난 뒤 마음 깊은 곳에서부터 묵직한 것이 올라옴을 느꼈다. 그리고 곧 내 눈가가 촉촉해졌다. 평생을 하나님의 복음을 위해 열정적으로 살았던 위대한 전도자인 존 웨슬리 목사님께서 자기 인생을 돌아보며 더욱 확실히 깨달은 그것은 바로 하나님께서 우리와 함께하신다는 것이고, 그것이 우리에게 가장 좋은 일이라는 사실이었다. 눈시울을 붉히며 이 말을 되뇌이는데, 이제는 존 웨슬리 목사님의 고백이 아닌 나의 고백으로 바뀌어 갔다. 그리고 놀랍게도 나를 짓누르고 있던 모든 공포와 염려가 사라졌다. 그날은 하루종일 그 고백을 하나님께 올려 드렸다. 그리고 내 인생 속에서 한 번도 떠나지 않으셨던 하나님의 흔적들을 다시 기억해 나갔다.

두려움의 자리에서 은혜의 자리로 바뀌다

출국 당일, 120kg 가까이 되는 짐을 가지고 출국을 했다. 어떻게든 이사비용을 줄여 보려고 사계절 짐을 다 챙겨간 것이다. 가족들의 배웅을 뒤로하고 씩씩하게 비행기에 탑승했다. 하나님이 함께하신다는 사실에 아무런 문제가 없었다. 오히려 주변에 도울 사람이 없는지 돌아볼 여유도 생겼다. 내 눈에 두 명의 청년들이 눈에 띄었다. 등에 '심상치 않은 물건'을 메고 다녔던 터라 출국장에서부터 눈에 들어왔었는데, 나와 같은 비행기에 탑승한 것이다. 심지어 좌석도 내 옆자리였다. 앳돼 보이는 얼굴이라 신혼부부일 것 같지는 않았다. 하지만 또 함부로 물어보기도 뭐해서 일단 별말 없이 지켜봤다.

얼마 시간이 지나자 그들 중 남자 청년이 인사하며 말을 걸었다. 자신들은 남매지간이고 볼티모어에 있는 이모집에 가는 중이며 등에 메고 다니는 '심상치 않은 물건'은 누나가 사용하는 국악 악기인데 혹시 이모댁에 갔을 때 연주할 일이 있을 것 같아 챙겨 간다고 했다. 그리고는 처음 비행기를 타 보는 거라며 이것저것 궁금한 것들을 내게 물어보았다. 나도 내 신분을 밝히고 그들이 물어보는 것을 성심성의껏 대답해 주었다.

그런데 이 친구가 뜬금없이 물어보았다. 목사가 무슨 일 하는 사람이

냐고……. 자기는 대구 출신인데 주변에 교회 다니는 사람도 없고 해서 전혀 이런 쪽은 모른다고 순수한 마음으로 물어보았다. 교회와 기독교에 대해 그렇게 모르는 사람은 처음 만나본 터라 나도 적잖이 당황했다. 어디서부터 설명을 해줘야 할지도 모르겠고……. 여하튼 경유지인 디트로이트까지 이동하는 긴 시간이 심심하지는 않았다. 이런저런 이야기들을 나누며 그 속에 예수님의 이야기들을 조금씩 담아 주었다. 그리고 디트로이트에서 헤어질 때는 내가 기내에서 읽은 복음에 관한 책을 선물로 주었다. 내게는 두려움의 자리였던 비행기가 하나님의 은혜를 전하는 자리로 바뀐 것이다.

🦋 당신은 생각보다 안전하다 🦋

어느 날 국내 유력 항공사에서 오랫동안 기장으로 근무하고 계시는 분과 이야기할 기회가 있었다. 이런저런 신앙의 이야기가 오고 간 뒤에 내가 그분께 넌지시―마치 그리 심각하지 않은 것처럼―비행기 탈 때마다 약간의 긴장을 한다고 말씀드렸다. 그랬더니 이분께서 아주 확실한 어조로 이렇게 말씀하셨다.

"목사님, 비행기는 굉장히 안전해요. 심지어 비행기 엔진 2개 중에 하나가 고장 나도 문제가 없어요. 그러니 비행기가 사고 날 일은 없다고 보셔도 돼요."

그 말을 듣고 속으로 얼마나 안심이 되었는지 모른다. 그동안 수십 번 비행기를 타며 괜한 걱정을 했던 것이다. 혹 이 책을 읽고 있는 이들 중에 그동안 이 사실을 몰랐었다면, 이제 안심해도 좋다. 당신이 탄 비행기는 당신의 생각보다 훨씬 더 안전하다.

"흔들리는 것은 무엇인가?"

그 날 저녁이 되었을 때에, 예수께서 제자들에게 말씀하셨다.
"바다 저쪽으로 건너가자." 그래서 그들은 무리를 남겨 두고,
예수를 배에 계신 그대로 모시고 갔는데, 다른 배들도 함께
따라갔다. 그런데 거센 바람이 일어나서, 파도가 배 안으로 덮
쳐 들어오므로, 물이 배에 벌써 가득 찼다. 예수께서는 고물에
서 베개를 베고 주무시고 계셨다. 제자들이 예수를 깨우며 말
하였다. "선생님, 우리가 죽게 되었는데도, 아무렇지도 않으십니
까?"(막 4:35~38, 새번역)

예수님과 같은 배를 탔으면서도, 풍랑으로 인해 배가 흔들린다며 죽
을 생각만 하는 제자들의 그 모습⋯⋯. 그들을 보면서 오늘 나의 연약
함도 함께 바라본다. 나 역시 예수님과 함께 있다고 말은 하면서도 삶의
문제들이 나를 뒤흔든다고 절망하고, 힘들어 하고만 있으니 말이다.

결국 중요한 것은 예수님이 같은 배에 탑승하고 계시다는 것을 알고 있는 것이 아니라, 그분과 함께이기에 이 풍랑도 이겨낼 수 있다는 믿음일 터······.

지금 내 삶에서 흔들리고 있는 것이 배인지, 아니면 나의 믿음인지 분명하게 파악해 봐야 할 것이다.

"주님, 삶이 흔들리는 것이 문제가 아니라 주님을 향한 제 믿음이 흔들리는 것이 문제임을 고백합니다. 오늘 제 삶에서 주님을 아는 데서 그치지 않게 하시고, 온전히 신뢰하며 살아가게 하옵소서. 예수님 이름으로 기도합니다. 아멘."

- 2014년 7월 11일 아침 묵상

생각하는 질문

- 당신은 특별하게 두려워하는 공간이나 상황이 있습니까?
- 그때에 누구와 함께하면 마음이 편하시겠습니까?

5.

내 마음의
컨트롤 타워

\#불안

\#일상의 두려움

\#공포

Inside Out

　우리 아이들이 캐나다에서 다녔던 학교는 마을 한 가운데에 있는 작고 예쁜 학교였다. 학교가 마을 중심에 있고 그 마을 아이들이 다 같은 학교에 다니다 보니 학교에서 하는 행사들은 자연스럽게 마을 행사처럼 되었다. 그래서 학부모회에서 하는 바자회나, 크리스마스 행사, 봄 축제, 학예회 등의 행사가 열리면 학부모들은 물론이고 연세 있으신 마을 주민들도 찾아와서 즐겁게 시간을 보내곤 했다.

　아이들이 좋아했던 행사들 중에는 학교 체육관에 모여서 부모들과 함께 애니메이션을 관람하는 '무비 나이트(Movie Night)'라는 행사도 있었다. 일년에 1~2회 정도 열렸는데, 학교가 마친 저녁 시간에 체육관 바닥에 매트를 깔아 놓고 빔프로젝터를 통해 영화를 보는 행사였다. 극장과 달리 누워서 영화를 보든, 벽에 기대서 보든 상관없었다. 학부모회에서는 피자와 핫도그 등을 판매하여 분위기를 한껏 돋우어 주었고 이를 통해 학교 운영기금을 마련하기도 했다.

　내가 어린 시절을 보냈던 시골 마을에서도 어쩌다 한 번씩 도시에서 사람들이 영사기 등을 가지고 와서 마을 태권도 체육관에다가 흰 천을 스크린 삼아 영화를 보여 주던 일이 있었는데, 무비 나이트라는 행사가 꼭 그와 비슷했다. 토론토라고 하는 큰 도시(토론토는 미국과 캐나다의 모든

　　　　　　　　　　　　　　　어느 겁쟁이 목사의 공황장애 일기

도시들 중에서도 다섯 손가락 안에 드는 큰 도시다)에 살면서 그런 촌스런(?) 경험을 아이들과 공유할 수 있다니……. 그래서 나는 무비 나이트 행사 때마다 나의 추억을 아이들과 함께 공유하곤 했다.

한 번은 무비 나이트 행사에서 「인사이드 아웃(Inside Out)」이라는 애니메이션을 상영한 적이 있었다. 영화계뿐만 아니라 심리학, 정신과 분야의 전문가들로부터도 큰 호평을 받았던 작품인데, 그동안의 애니메이션이 주로 남녀 간의 사랑이나 영웅담에 치중해 있었다면, 이 작품은 인간이 가진 심리 변화에 대해 대중들이 충분히 공감할 수 있도록 스토리를 구성하고 다양한 웃음 기제들과 감동요소들을 통해 그것들을 잘 풀어냈다. 그래서 영화를 보는 내내 고개를 끄덕이다가 배꼽을 잡고 웃기도 하고, 또 나중에는 마음이 울컥해지는 그런 애니메이션이었다.

작품은 각 사람마다 다섯 가지의 감정들이 우리의 내면(Inside)에 있다는 설정하에 시작된다. 기쁨(Joy), 슬픔(Sadness), 분노(Anger), 까칠(Disgust), 두려움(Fear)이 그것이다. 각각의 감정들은 캐릭터화되어 등장 인물들의 머릿속에서 컨트롤 타워를 구축하고, 이들에게 벌어지는 상황에 따라 각 감정들이 저마다의 역할들을 해 나가고 있었다. 나는 이 애니메이션을 여러 번 보면서—나는 이 작품이 좋아서 아예 구입해 버렸다—내 안에 있는 감정들의 여정을 살펴보았다.

내가 어렸을 때에는 기쁨과 까칠이가 내 감정의 컨트롤 타워를 장악했던 것 같다. 외동아들로 자라 많은 것들을 누렸으면서도 다른 이들에게는 배려가 없었던 그런 모습……. 그러다가 서울로 전학 오게 된

중학교 3학년 이후 사춘기 시절은 슬픔과 분노가 주로 내 컨트롤 타워를 맡았다. 서울 생활에 잘 적응하지 못한 것이 큰 요인이었다. 하지만 대학교에 들어가고 20대를 보내는 동안에는 기쁨이 다시 컨트롤 타워의 주인이 되어 있었다. 그때에는 슬픔과 분노와 까칠, 두려움의 역할은 거의 없었다. 하지만 30대로 넘어와 공황장애가 생긴 뒤부터 나의 컨트롤 타워에서 유력하게 부각된 감정은 '두려움'이었다. 아주 사소한 것조차도 내게는 거대한 위협처럼 느껴졌고, 이따금씩 폐쇄된 공간을 생각하는 것만으로도 등줄기가 오싹해지는 경험들을 했다. 또한 가만히 있다가도 갑자기 큰 사고가 일어날 것 같다는 생각이 든 적도 여러 번 있었다.

그렇게 두려움이 내 감정의 컨트롤 타워를 맡는 일이 잦다 보니 모든 일들에 민감해지기 시작했다. 그리고 가족들과 주변 사람들에게 잔소리가 늘어갔다. 말로는 여러 위험요소들을 사전에 파악하고 미연에 사고를 방지하려 한다고 하지만, 실은 굳이 그렇게까지 하지 않아도 되는 경우가 많이 있었다. 예를 들어, 2~3칸 정도 높이가 되는 계단에서 아이들이 뛰어내릴 때면, 자칫하다가 성장판이 망가질 수 있다는 말로 겁을 줘 가며 그 일을 못하게 막았다. 또 행여나 아이들이 칼이나 가위라도 만지려고 할 때면, 마치 큰 잘못을 한 것인 양 혼낸 적도 많이 있었다. 나를 망가뜨린 심리적 불안감으로 인해 다른 이들에게도 지속적으로 피해를 주고 있었던 것이다.

일상이 답답한 사람들

공황장애가 생기고 난 뒤 얼마 되지 않았을 때, 교회 청년이 오쿠다 히데오의 『공중그네』라는 소설을 빌려 주었다. 그 소설 속에는 여러 심리적인 문제를 안고 있는 이들이 등장한다. 공중그네를 타지 못하는 서커스 단원, 장인의 가발을 들춰 보고 싶은 강박증에 시달리는 의사, 1루에 송구를 하지 못하는 야구 선수 등이 그들이다. 소설은 그런 사람들이 괴짜 정신과 의사인 이라부와 만나 유쾌하게 자신의 문제를 풀어 나가는 것을 보여 준다.

개인적으로는 소설 속에 등장하는 다른 캐릭터들보다, 첫 번째 에피소드에 나오는 야쿠자 중간 보스 '이노 세이지'의 이야기에 많은 공감이 갔다. 야쿠자라는 거친 이미지와 달리, 이노 세이지는 뾰족한 물건을 보면 극심한 긴장과 두려움을 경험하는 '선단공포증(첨단공포증)' 증세를 갖고 있었다. 심지어 식사를 할 때에도 젓가락을 사용하지 않고 숟가락만 사용할 정도로 말이다. 나는 이노 세이지의 이야기를 읽으며 소설가의 의도와 상관없이—사실 이 소설은 굉장히 웃긴 소설이다—그가 너무 불쌍했다. 얼마나 일상이 답답했을까? 별것 아닌 젓가락을 사용하는 모습이나, 과일 깎는 모습, 잘 깎여진 연필, 심지어 작은 바늘만 보아도 불안해야 했으니 말이다.

물론, 다시 한번 이야기하지만, 불안이 꼭 부정적인 것만은 아니다. 불안은 우리 삶을 보호하기 위해 꼭 필요하다. 실제로 그것이 긍정적으로 작동할 때, 우리는 삶에서 나타나는 여러 위협들을 사전에 감지하고 예방할 수 있다. 그리고 그런 사람들에게 우리는 '조심성이 있다', 또는 '신중하다'라는 칭찬을 하기도 한다. 하지만 그것이 과도하게 작동할 때에는 나와 같은 불안 장애나 폐소공포증, 또는 과도한 염려에 빠지기도 한다. 전혀 위협적이지 않은 상황이나 장소에서 식은땀이 나고, 사람을 의심하고, 예민해지는 것이다.

사람들 중에는 특정 동물을 만나거나 생각했을 때 불안 증세를 경험하는 이들도 있다. 전문가들은 이런 증상들이 태어날 때부터 우리에게 있었던 것은 아니라고 말한다. 우리가 자라오면서 어떤 특별한 경험을 통해 특정 동물에 대해 불안과 공포라는 요소가 박히게 되었고, 그것이 우리를 정상적이지 않은 반응들로 이끈 것이다.

마틴 셀리그만 박사의 책 『아픈 당신의 심리학 처방전』(물푸레)에도 보면 고양이에 대해 극심한 공포를 가진 수잔의 이야기가 나오는데, 그녀는 어린 시절 고양이가 토끼를 공격하여 죽인 끔찍한 장면을 본 뒤 고양이는 물론 고양잇과의 모든 동물들을 혐오하고 멀리하게 되었다. 그러다가 31살이 되어 그 증상이 더욱 심해졌는데, 어느 날 그녀가 옆집 정원의 깎지 않은 잔디 사이에서 고양이를 발견했기 때문이다. 이로 인해 수잔은 집 문 밖을 나서지도 못하는 상황이 되었다. 심지어 수잔은 '캣(Cat)'이라는 글씨는 물론이고, 그것과 비슷한 발음인 '케첩(Ketchup)' 등과 같은 말만 들어도 불안해했다고 한다.

나 또한 내 안에 과도하게 커져 버린 불안을 다스리는 숙제를 안고 있다. 시시때때로 나의 주위를 흐트러뜨리는 이 불안이라는 녀석으로 인해 나는 하나님의 생각을 놓칠 때도 있었고, 판단력이 흐트러질 때도 많이 있었다. 그중에 하나는 캐나다에 도착한 뒤 처음 겪은 일로부터 발생되었다.

컨트롤 타워의 주인

2011년 6월 30일, 디트로이트를 경유하여 토론토 피어슨 국제공항에 도착했을 때, 생각했던 것과 달리 모든 것이 불확실한 상황이 벌어졌다. 당시 나는 에이전트가 공항 이민국에서 받을 것이라고 호언장담했던 '종교비자'를 받지 못했다. 심지어 이민국 직원은 나의 여권도 일주일 뒤에 찾으러 오라며 빼앗아 갔다. 그 순간부터 내 마음은 끝없는 불안에 휩싸였다. 불과 몇 시간 전까지 볼티모어를 가는 남매에게 하나님의 복음을 전했던 그 마음은 사라지고 '이러다가 혹시 쫓겨나는 것은 아닐까?', '내가 사기를 당한 것은 아닐까?' 하는 생각들이 온통 내 머릿속을 휘저었다. 자연스레 마음이 위축되었다. 아무런 잘못을 저지르지 않았음에도 불구하고 경찰차가 지나갈 때면 괜히 심장이 두근거렸다. 그들이 나를 불법 체류자 취급하지는 않을까 하는 염려 때문이었다. 참 말도 안 되는 생각이 아닐 수 없다. 이렇듯 불안이 컨트롤 타워를 장악하자 내 머릿속에서 이뤄지는 내 삶의 스토리는 부정적인 방향을 향했고, 끔찍하고 불쌍한 결론들로 이어졌다.

캐나다에서 해야 할 사역에 대해서는 더욱 그러했다. 실제로 어디서 예배를 드려야 하는지, 누구를 만나서 교회를 같이 시작할 수 있는지 내게는 아무런 정보도, 인맥도 없었다. 다만 어렴풋하게 주님께서 주셨던 마음들은 유학생 청년들에 대한 마음이었다. 하지만 그 또한 쉽지 않은 목회가 될 것이라는 것이 선배 목사님들의 의견이었다. 그래서 기회가 된다면 한국으로 돌아가 목회하는 편이 나을 것이라고 조언을 해 주기도 하셨다. 나를 아끼는 마음에 주시는 조언이라 감사하긴 한데, 한 편으로는 그 말씀들이 나를 더욱 불안하게 했다. 아직 시작도 하지 못한 나는 아무 것도 해 보지 않고 그렇게 돌아가야 한단 말인가?

그렇게 마음 복잡한 며칠을 보낸 어느 날 밤, 아직 시차적응이 되지 않았던 나는 지난 며칠 간 그랬듯이 다시 한밤중에 잠이 깨어 이런저런 생각을 하고 있었다. 생각을 하다가 기도를 하기도 하고, 기도를 하다가도 내 마음을 불안하게 하는 여러 조각들로 인해 염려를 하던 그때, 갑자기 주님께서 너무도 선명하게 내게 이렇게 질문하셨다.

"청년들을 데리고 교회 시작하면 어렵겠지?"

짧은 며칠 동안 많이 들었던 이야기였다. 청년들은 쉽게 마음이 바뀌어서 교회도 자주 옮기고, 헌금에 대해 부담을 갖고 있고, 그중에서도 특히 유학생들은 돈이 없다고 한다. 그래서 다들 유학생 청년들 데리고 교회를 시작하면, 처음에는 좋은 것 같아도 결국 재정적으로 나아지는 것이 없다고 조언해 주었다. 심지어 교회 임대료도 목사가 다 내야 한다는 이야기들까지 하면서 말이다. 간단하게 말해, '돈이 없어서 청년들을 데리고 목회하기 어렵다는 말'이다. 그래서 이런 생각들을 솔직하게 주님께 이야기했다. 당시 며칠 동안 계속 그런 이야기들을 들으니까 당연히 그것이 진리인 것처럼 내게는 받아들여지고 있었다. 그런데 그때 주님께서 너무도 명확하게 다시 말씀하셨다.

"청년들의 주머니에서 무엇인가를 기대하고 꺼내서 교회를 운영할 생각하지 마라. 교회는 내 것이다. 너는 그들을 바라보는 것이 아니라 나를 바라봐야 한다. 그들이 너의 가정의 생활을 책임져야 할 의무가 있지 않다. 너희 가정을 책임지는 것은 내가 할 일이다. 너는 네가 해야 할 책임에 집중해라. 그들을 훈련시켜 군사로 만드는 일이 네가 할 일이다. 책임은 그들에게 있는 것이 아니라 너에게 있다!"

며칠 동안 이런저런 불안함에 휩쓸려서 가장 중요한 것들을 잊고 있었다. 내가 지금 캐나다에 왜 왔는가? 주님께서 맡기신 책임을 다하기 위해 왔다. 내가 맡은 자리에서 책임을 다하면 주님께서 나를 책임지신다는 믿음을 갖고 교회를 세웠고 그렇게 캐나다에 왔는데, 나는 고작 내게 일어난 몇 가지 일들과 말 몇 마디에 새가슴이 되어 불안해하고 있었다. 그리고 그 불안함으로 인해 하나님께서 맡기신 사명은 온데간데없고 이리저리 살 궁리만 하고 있었던 것이다.

그렇게 하나님의 마음을 깨닫고 난 그 밤에 나는 다시 주님 앞에 결단했다. 두려워하지 않고 주님께서 맡기신 책임을 다하겠다고 말이다. 그리고 그 다음 날, 나는 토론토의 한 교회로부터 돌아오는 주말에 있을 청년부 수련회에서 말씀을 전해 달라는 요청을 받았다. 당시 캐나다에서는 무명이라 할 수밖에 없던 내게 하나님의 복음을 전할 자리가

　　　　　　　　　　어느 겁쟁이 목사의 공황장애 일기

주어진 것이다.

생각지도 않게 주님의 이끄심으로 캐나다에서의 사역이 시작되었
다. 결국 중요한 것은 우리 안에 어떤 감정이 컨트롤 타워를 맡고 있
느냐가 아니라, 주님께서 내 삶을 컨트롤하고 계시는가 하는 것이었
다. 그날 밤, 두려움이라는 녀석이 내 삶의 컨트롤 타워에서 내려왔
고, 주님께서 그 자리를 맡아 주셨다. 그리고 그 순간 두려움이 사라
지고 주님의 평안이 나를 붙들어 주셨다. 그 이후 비자를 비롯한 나머
지 일들은 어떻게 되었을까? 이 책을 읽고 있는 이들의 믿음에 맡기도
록 하겠다.

"옆집 힘 센 형 찾지 마라. 주님이 우리의 편이시다!"

지방마다 성읍마다, 왕이 내린 명령과 조서가 전달된 곳에서는
어디에서나, 그 곳에 사는 유다 사람들이 잔치를 벌였다. 그들
은 기뻐하고 즐거워하며, 그 날을 축제의 날로 삼았다. 그 땅
에 사는 다른 민족들 가운데서 많은 사람들이 유다 사람들을
두려워하므로, 유다 사람이 되기도 하였다.(에 8:17, 새번역)

에스더의 이야기는 우리에게 페르시아 제국 당시 곳곳에 흩어져 있던
유다인들이 다른 민족들로부터 어떤 대우를 받았는지를 보여 주고 있
다. 유다인들이 갖고 있던 신앙과 풍습은 어딜 가나 남들의 눈에 띌 수
밖에 없었다. 또한 다른 민족들과 쉽게 어울릴 수도 없었다. 그런 이들
의 민족적이고 신앙적인 특성은 여러 지역에서 유다인들에 대한 반발을
가져왔고, 에스더의 이야기는 그런 유다인들의 고난을 집약해서 우리에
게 보여 주고 있다. 그리고 그 가운데에서 하나님은 당신의 백성들을 어
떻게 보호하시는지도 또한 우리에게 알려주고 싶었을 것이다.

오늘 말씀은 페르시아 제국 안에서 철저한 약자로 대표되었던 유다 민족들, 통치자의 말 한마디면 삶의 터전을 모두 내려놓고 떠나거나 죽을 수도 있던 이들에게 새로운 희망이 생기게 됨을 보여준다. 바로 왕의 조서가 도달한 것이다. 별것 아닌 것 같은 이 종이(또는 두루마리) 하나가 이들의 인생을 바꿨다. 왕의 도장이 찍혀 있었기 때문이다. 이 말은 곧 왕이 이제는 유다인들의 편에 서겠다는 것을 뜻하는 것이었다. 그러니 어제까지만 해도 기세등등했던 다른 민족들이 유다 민족을 두려워할 수밖에 없었다. 왕이 그들의 편이라는 이유 하나만으로 말이다.

반면 어제까지 힘이 없어 희망조차 갖지 못했던 유다인들은 왕이 자기의 편이라는 말에—실제로 이들은 왕을 본 적도 없으면서도—새로운 희망을 가질 수 있게 되었다.

오늘 말씀을 묵상하며, 하나님이 우리의 편이시라는 것에 대해 생각해 보게 되었다. '하나님이 우리의 편이시다……' 우리는 과연 이 말에 얼마나 큰 의미를 부여하고 있을까? 우리는 과연 이 말에 얼마나 많은 희망을 걸고 있을까? 머리로는 수긍하는 것 같지만, 실제 우리의 삶에서 이 말씀이 크게 영향을 끼치지 못할 때가 많지 않은가? 어쩌면 우리는 하나님께서 우리의 편이 되는 것보다, 건넛집 부자 형이 우리의 편이 되길 바랄지도 모른다. 아니면 옆집 힘 센 형이 나의 편이 되면 인생이 편해질 것이라고 생각할 수도 있다.

그렇게 본다면, 오늘 우리가 삶의 문제 속에서 넘어지고 힘들어하는 이유는 내가 힘이 없어서라기보다는, 하나님께서 나와 함께하신다는 그 사실을 별 볼일 없는 것처럼 여기기 때문이 아닐까 하는 생각이 든다. 우리 안에 있는 낙심, 절망, 후회, 슬픔의 원인 역시도 그것들과 깊은 연관이 있을 것이다.

오늘 하루 우리 자신을 향해 이런 믿음의 선포를 해 보는 것은 어떨까?

"하나님이 나의 편이시다!"

"주님, 세상적인 힘의 논리에 이끌려 살아가지 않게 하옵소서. 하나님께서 우리의 편이 되어 주시면 우리 삶의 모든 문제들이 해결될 것을 믿습니다. 낙심과 절망을 저의 삶에 더 이상 대입시키지 않게 하시고, 오직 주님께서 주시는 소망을 따라 살게 하옵소서. 예수님 이름으로 기도합니다. 아멘."

- 2014년 9월 11일 말씀 묵상

생각하는 질문

- 지금 당신이 가장 많이 하는 생각이나 말은 무엇입니까?
- 그 생각이나 말이 하나님의 생각에 부합하는 것입니까?

어느 겁쟁이 목사의 공황장애 일기

6.

이곳에도
- - - - - - - - - - - -
주님은 계시네
- - - - - - - - - - - - - -

#폐소공포증
#광장공포증

미시령 터널 앞에서

2013년 6월의 어느 날, 당시 휴가차 한국에 방문한 나는 미시령 터널 앞에서 차를 세웠다. 내 눈 앞에 펼쳐진 자연은 찬란하다는 말로도 다 담을 수 없을 만큼 아름다웠다. 설악산의 절경이 6월의 맑은 하늘과 맞닿아 위대한 그림을 만들어 냈고, 길 옆 골짜기에서 흐르는 맑은 물의 소리는 그 그림 위에 생기를 더하였다. 모든 것이 완벽하게 아름다운 상황이었다. 하지만 안타깝게도 내가 차를 세운 이유는 그런 아름다운 경치를 구경하기 위함이 아니었다. 터널을 불과 몇 백 미터 앞에 두고 나는 또 다시 질식할 것만 같은 생각에 차를 멈춰 세웠던 것이다. 약 3.5Km의 터널을 나 혼자 지나가야 하는 상황……. 이미 서울에서 출발하기 전부터 단단히 각오를 했고 그동안 만난 몇 번의 터널들도 잘 지나왔지만, 마지막 관문인 미시령 터널 앞에서 나는 마치 도저히 깰 수 없는 게임 속의 강력한 끝판왕을 만난 것처럼 멈춰 버렸다.

공황장애 증상이 생기고서 나를 가장 힘들게 하는 것은 폐소공포증이 함께 생겼다는 것이다. 물론 나는 이 둘 간에 어떤 연관성이 있는지 의학적으로 설명할 수는 없다. 다만 멀쩡했던 내가 공황장애 증상을 경험하고 난 뒤 어느 날부터 폐쇄된 공간을 싫어하기 시작했다는 것이 나로서는 무척이나 괴로운 일이었다. 특히 엘리베이터나 터널, 비행기는 실제로 이용할 때뿐만 아니라 상상만으로도 숨이 답답해지고 식은 땀이 나곤 했다. 그나마 비행기는 상시 타는 것이 아니니 괜찮은데, 엘리베이터나 터널은 우리 일상과 밀접하게 붙어 있기에 나는 늘 이것 때문에 긴장하고 불안해야 했다. 그래서 어떤 건물의 엘리베이터가 작으면 차라리 계단으로 걸어가는 것을 선택하기도 했고, 또 터널을 지나가지 않으려고 먼 길을 돌아갔던 적도 많이 있었다.

하지만 10년 동안 이 폐소공포증을 갖고 있으면서 확실하게 말할 수 있는 것은, 내가 싫어하는 그곳에서 단 한 번도 특별한 일이 내게 발생하지 않았다는 사실이다. 물론 지난 10여 년간 엘리베이터와 터널로부터 여러 차례 도망치기도 했지만, 그것을 이용하고 지나갔던 적은 비교할 수도 없을 만큼 훨씬 더 많았다. 그러나 내 머릿속에 남아 있는 생각은 성공했던 사례보다는 힘들었던 느낌만 남아 있었다. 그리고 이것이 계속해서 내 삶을 위축되도록 만들었다.

잘못된 결론

캐나다에서 살 때 있었던 일이다. 한 번은 우리가 살던 아파트에 갑자기 정전이 발생했었다. 캐나다가 선진국이라고는 하지만 이런 정전 사태가 가끔씩 발생하던 터라 나는 이 일을 대수롭지 않게 여기며 계단을 이용해 아파트 로비로 내려왔다. 그런데 우리 아파트 앞은 꼭 큰 난리가 난 것만 같았다. 이미 소방차 몇 대가 출동해 있었고, 소방관 여럿이 큰 소리를 내며 엘리베이터에서 누군가를 구조하고 있었다. 자세히 보니 평소 휠체어를 타고 다니시는 아주머니셨다. 이미 얼굴은 눈물로 범벅이 되어 있었고, 반쯤은 혼이 나간 것처럼 보였다.

이유를 들어보니, 이분이 평소처럼 엘리베이터를 타고 집으로 올라가는데 갑자기 정전이 발생했고, 그것이 1층과 2층 사이에 멈춰 서서 20분가량을 그대로 있었던 것이었다. 사실 괜찮은 아파트라면 이런 상황에 대비해서 비상 전력 가동을 위한 발전기 등이 있었을 텐데, 당시 내가 살고 있던 아파트는 그 지역 내에서도 가장 오래되고 저렴한 아파트였기에 그런 것들이 전혀 없었다. 그래서 이 아주머니는 칠흑 같은 암흑 속에서 소방관들이 오기까지 20여 분간을 그 안에 갇혀 있었던 것이다.

당시 이 사건을 곁에서 지켜 본 나는 마치 내가 그 몹쓸 사건의 당사

자인 것처럼 반복해서 그 일을 생각했고, 또 반복해서 극심한 공포 속으로 나를 밀어 넣었다. 그리고 그런 공포는 나를 둘러싼 여러 상황에 대한 분노로 나타나기도 했다. 왜 캐나다는 그리 자주 정전이 일어나는 것이며, 왜 우리 아파트는 남들 다 갖고 있는 발전기도 하나 없고, 또 왜 소방관들은 코앞에 있으면서 20분이나 지나서야 도착했는가 하는 불평과 분노들이 내 안에 가득 차 있었다. 그래서 우리 아파트가 싫었고, 또 그런 아파트에 살 수밖에 없는 나의 가난함도 싫었으며, 결과적으로 내가 캐나다에서 이런 상황을 겪어 가며 목회한다는 사실이 싫었다. 참 말도 안 되는 결론이 아닐 수 없다. 상황에 대한 분석과 결론이 왜곡돼도 한참 왜곡된 것이었다.

정상적인 사람들의 결론

반면 정상적인 사람들은 그런 상황을 만날 때 대수롭지 않게 지나간 다는 사실에 충격을 받기도 했다. 한번은 같은 지역에서 목회하시는 선배 목사님이 자신이 사는 아파트에서 겪은 일을 전해 주었다. 이분 가정이 주일 예배에 가기 위해 엘리베이터를 타고 주차장으로 내려가 던 중에 엘리베이터가 갑자기 멈춰 버린 일이 있었다. 상상이 갈지 모 르겠지만, 내 몸은 여기까지 들었을 때 이미 긴장의 정점에 이르렀다. 아무튼 이 목사님은 비상벨을 눌러 아파트 관리 직원에게 상황을 물어 봤고, 직원은 엘리베이터 고장으로 인해 발생된 것 같다며 엘리베이터 수리 업체에게 연락해 보겠다고 이야기했다. 그리고 얼마 뒤 직원은 수리하는 데 약 40분 정도의 시간이 소요될 것 같다고 전했다. 그날이 일요일이었기 때문에 엘리베이터 수리 업체 직원들이 출근해서 현장 에 도착하는 데 평소보다 더 시간이 걸린다는 이유를 대면서 말이다.

그런데 그런 위급한(나의 기준에서) 상황에서 이 목사님은 전혀 요동하 지 않고, 재치를 발휘해 더욱 강력하게 직원에게 항의를 했다고 한다. 지금 이 안에 1년도 안 된 아이가 함께 있는데, 몹시 힘들어하니 더 빨 리 수리해 달라고 말이다. 역시 캐나다는 아이들의 천국이다. 아이를 핑계 댄 이분의 항의가 먹혀들어서 엘리베이터 직원들이 예상보다 훨씬 빠르게 도착하여 이분들을 구조한 것이다. 하지만 정작 힘들어하고 울어야 할 아이가 엘리베이터 직원들을 보자 생글생글 웃고 있어서 난감했노라고 목사님이 웃으며 우리에게 그 이야기를 전해 줬다.

이미 눈치 챘겠지만, 이 이야기는 그저 엘리베이터에서 일어났던 한 가정의 해프닝이었다. 정상적인 사람들에게는 크게 화낼 일도, 크게 웃을 일도 없는 그냥 일상의 한 이야기인 것이다. 그런데 그 이야기를 들은 나는 또 다시 그 상황 속에 나를 대입시키기 시작했다. 지금껏 단 한 번도 경험해 보지 않은 엘리베이터 고장 사건에 나를 출연시켜 스스로를 숨막히게 한 것이다. 그리고 이런 몹쓸 나의 생각들은 나를 계속해서 폐쇄된 공간으로 밀어 넣어 내 삶에 끝없는 공포를 만들어 냈다.

사실 터널에 대한 공포도 마찬가지이다. 나는 지금까지 단 한 번도 터널 속에서 험한 일(?)을 당해 본 적이 없었음에도 불구하고 터널을 지나가는 불과 2~3분의 시간을 어떻게든 피하고 싶어 한다. 그리고 이로 인해 운전을 할 때마다 긴장을 하게 되며 고속도로를 들어갈 때에는 불안한 마음이 먼저 생긴다. 즐거워야 할 드라이브가 스트레스가 된 것이다.

🌿 야곱의 터널 🌿

야곱에게 있어서도 긴 터널이 있었다. 실제로 그가 터널을 지나갔다는 말이 아니라, 반드시 지나가야 하는 길, 하지만 두려운 길이 있었다는 말이다. 앞서도 이야기한 것처럼, 장자의 축복을 받고 형의 살해 위협으로부터 도망친 이후 약 20년 간 야곱은 외삼촌 라반의 집에서 열심히 일을 해서 가정을 이루고 큰 부자가 되었다. 하지만 그렇다고 해서 모든 상황들이 원만하게 돌아간 것은 아니었다. 그를 시기한 라반과 그의 아들들이 야곱을 이전과 다르게 대하였던 것이다. 바로 그때, 하나님께서 야곱에게 귀향할 것을 말씀하셨다. 이에 야곱은 가족들을 이끌고 20년 전 그가 도망 온 그 길을 다시 돌아갔다. 돌아가는 길에 몇 가지 어려움이 예상되었지만, 하나님께서는 외삼촌 라반과의 일도 정리시켜 주시고, 천사들을 통해 그가 걸어가는 길을 격려하셨다.

그러나 여전히 가장 큰 문제가 남아 있었다. 평생을 그의 마음속에 묻어 두었던 두려움, 바로 에서와의 만남이었다. 야곱은 굉장히 신중할 수밖에 없었다. 재산과 가족, 그리고 무엇보다 자기 목숨이 형과의 재회로 인해 모두 사라질 수도 있는 상황이었다. 그래서 그는 앞서 전령들을 보내어 자신의 소식을 에서에게 전함과 동시에 에서의 상황도 파악하려 했다. 하지만 전령들이 가지고 돌아온 소식은 절망적인 것이

어느 겁쟁이 목사의 공황장애 일기

었다. 에서가 부하 400명을 거느리고 야곱을 치려고 오고 있었기 때문이다. 지금도 마찬가지겠지만, 당시 고대사회에서 400명의 사병을 이끌고 있다는 것은 에서가 굉장한 힘을 갖고 있었음을 우리에게 알려 주는 말이다.

그래도 감이 안 오는 이들을 위해 간접 비교할 수 있는 이야기가 창세기 14장에 나오는데, 바로 아브라함 때에 고대 근동 세계에서 일어났던 전쟁 이야기이다. 당시 메소포타미아 지역을 중심으로 해서 아브라함이 머물던 가나안 지역에 이르기까지 패권을 잡고 있던 이가 엘람의 그돌라오멜이라는 왕이었다. 조금 더 설명하면, 이 엘람이라는 국가는 역사 속에서 여러 차례 강대국으로 언급되었을 만큼 힘이 있던 나라였다. 지리적으로도 비옥한 초승달 지역을 끼고 있던 나라여서 경제와 문화가 발전하고 사람들이 모이는 곳이었다. 성경은 그런 엘람의 그돌라오멜 왕이 멀리 가나안 사해 연안까지 힘을 뻗쳐 그곳 일대의 국가들을 12년 동안이나 자기 발아래 두었다고 말한다.

그런데 13년째가 되던 해에 소돔과 고모라를 비롯한 사해 연안의 국가들이 동맹을 맺고 그돌라오멜에게 반기를 들었다. 하지만 전쟁의 결과는 그돌라오멜의 승리로 마쳤고, 당시 이들 성읍에 살던 사람들은 모두 그돌라오멜의 포로가 되었다. 바로 그때, 아브라함이 등장하여 자기 집에서 훈련시키던 군사들을 데리고 나가 그돌라오멜 군대를 물리치고 조카 롯을 비롯해 많은 사람들을 구해 냈다. 그렇다면 그 당시 아브라함이 데리고 나갔던 병력이 몇 명이었을까? 성경은 그 인원을 318명이라고 전한다. 즉 에서가 사병 400명을 이끌고 오고 있다는 말은 곧, 그가 한 나라와도 싸울 수 있을 정도의 병력으로 야곱과 그의 일족들을 응징하려 했음을 보여 주는 표현이다.

　자기를 치러 오는 에서의 소식을 들은 야곱은 큰 두려움에 빠졌다. 하나님께 기도를 했지만, 여전히 그의 마음속의 두려움은 사라지지 않았다. 그래서 그는 머리를 굴리기 시작했다. 이른바 선물 공세를 하기로 한 것이다. 그것도 한두 번이 아닌 여러 차례에 걸쳐 선물을 통해 에서의 마음을 누그러뜨리겠다는 계획이었다. 하지만 그렇게 계획을 세웠어도 그의 마음이 편치 않았다. 그래서 그는 그 밤에 가족들로부터 떨어져 홀로 남았다. 그런데 갑자기 정체 모를 사람이 그의 앞에 나타나 씨름이 시작되었다. 이것이 우리가 아는 씨름이었는지, 아니면 기도를 간절하게 했다는 표현인지는 잘 모르겠다. 히브리어 '아바크'라는 단어 안에 '붙잡다'라는 의미가 들어있는데, 이것이 '씨름하다'는 의미로도 해석되었기 때문이다. 어찌되었든 중요한 것은, 이 씨름의 시작이 야곱으로부터는 아니었다는 사실이다. 새번역 성경은 이 장면을 이렇게 기록했다.

　　어떤 이가 나타나 야곱을 붙잡고 동이 틀 때까지 씨름을 하였다.(창 32:24)

　나는 이 부분을 이렇게 해석해 보고 싶다. '두려움에 빠진 야곱을 하나님께서 붙잡으셨다' 하고 말이다. 하나님께서 야곱을 붙잡고 그 밤을 함께 보내 주신 것이다. 이것이 은혜가 아닐까? 우리가 먼저 하나님을 붙잡은 것이 아니라, 하나님께서 우리가 기도할 수 있도록 먼저 붙잡아 주시는 것……. 우리는 하나님께 부르짖고 하나님을 붙잡기 위해 부흥회나 기도원을 찾아가지만, 사실은 하나님께서 붙잡으셨기 때문에 우리가 하나님을 찾게 되는 것이다. 그날 밤 야곱도 마찬가지였다. 하나님께서 야곱을 붙잡으시자 야곱도 그제서야 혼신의 힘을 다해 하나님을 붙잡기 시작했다. 자신이 지나가야 하는 두려움의 터널을 무사히 지나갈 수 있게 해달라고 말이다. 그렇게 그 밤이 지나갔다. 그리고 동녘이 밝아 오듯, 칠흑과도 같았던 야곱의 터널에 빛이 보이기 시작했다. 그가 평생을 두려워하며 지나고 있는 터널의 끝에 이르렀던 것이다.

우리 모두는 저마다의 터널 하나쯤은 갖고 있다. 어떤 이는 나처럼 공황장애나 폐소공포증과 같은 마음의 장애를 갖고 있는 이도 있을 것이고, 어떤 이는 야곱처럼 풀리지 않는 사람과의 관계로 인해 터널을 경험하는 이도 있을 것이다. 또 어떤 이는 자신이 처한 환경 속에서 도무지 희망이 보이지 않아 힘들어하는 이도 있다. 이때 우리에게 용기가 되는 것은 야곱을 붙잡으셨던 하나님께서 지금 이 순간 우리도 붙잡고 계시다는 사실이다. 다시 말하지만, 내가 하나님 앞에 가서 그분을 붙잡아야 하나님께서 우리를 붙잡으시는 것이 아니다. 하나님께서는 우리에게 먼저 찾아오셔서 우리를 붙잡으셨다. 그리고 그분은 밤이 새도록 우리를 놓지 않으시고 그 일을 위해 함께 씨름하듯 힘을 써 주신다. 우리가 그 모든 문제로부터 승리할 수 있도록 우리를 축복하시기 위해서……. 그분이 바로 우리 하나님이시다.

어느 겁쟁이 목사의 공황장애 일기

이곳에도 주님은 계신다

미시령 터널 앞에서 두려움에 사로잡혀 있던 내게 주님께서 찾아오셨다. 그러자 조금씩 용기가 생겼다. 가속페달에 발을 올리고 차를 움직이기 시작했다. 입술로는 하나님을 크게 찬양하며 터널을 지나갔다. 정상인들에게는 별것 아닌 그 일이 내게는 하나님을 만나는 기회이고, 예배의 현장이 되었다. 그리고 그렇게 터널 밖을 나오자 주님께서 보여 주시는 눈앞의 풍경에 감탄할 수밖에 없었다. 저 멀리 푸른 속초항의 모습과, 우측으로 펼쳐진 울산바위의 절경이 마치 겁쟁이인 나를 격려하시는 하나님의 선물인 것처럼 내 눈앞에 나타났다.

나는 그 이후로도 만나게 되는 무수히 많은 터널 앞에서 나의 연약함을 발견하고, 하나님의 함께하심을 경험한다. 비록 때로는 피하기도 하고 미시령 터널에서처럼 머뭇거리기도 하지만, 그 길에 들어서는 순간 나는 내 자신을 향해 계속해서 선포한다. "이 곳에도 주님은 계신다!"

"강점, 그리고 또 강점!"

이것은 나 하나님이 타조를 어리석은 짐승으로 만들고, 지혜
를 주지 않았기 때문이다. 그러나 타조가 한 번 날개를 치면
서 달리기만 하면, 말이나 말 탄 사람쯤은 우습게 여긴다.(욥
39:17~18, 새번역)

하나님께서는 우리를 모든 것을 완벽하게 할 수 있는 존재로 창조하
지 않으셨다(존재 자체가 불완전하다는 말은 아니다). 그러나 그렇다고 우리
를 한없이 연약하기만 한 존재로 만드신 것도 아니다. 타조에게 지혜
가 부족하도록 창조하신 하나님은, 반면 그에게 힘차게 달릴 힘을 주셔
서 그 능력을 통해 이 세상을 잘 살 수 있게 해 주신 것처럼 우리에게도
강점과 약점들을 허락하셨다.

그러나 사탄은 우리로 하여금 스스로의 연약함에만 집중하게 한다.
그리고 다른 사람이 갖고 있는 강점을 크게 부각시키며 나를 낙심하게

한다. 우리는 이것을 깨 버려야 한다. 만일 타조가 자신에게 없는 지혜를 통탄하며 달리기를 거부한다면, 그가 행복한 삶을 살 수 있을까? 마찬가지로 우리 역시 우리가 가진 연약함과 상처로 인해 낙심하고만 있다면, 이미 주님께서 우리에게 주신 강점은 써 보지도 못한 채 불행하게 인생을 마치게 될 것이다.

오늘 하루는 우리가 가진 연약함에만 집중하지 말고, 내게 주신 강점이 무엇인지를 다시 한번 생각해 보며, 그것을 주님을 위해 어떻게 사용할까 고민하고 계획하는 하루가 되어야 할 것이다.

"주님, 오늘 하루도 주님께서 제게 베푸신 일들에 감사하며 살겠습니다. 제가 가진 연약함도, 제가 가진 강점도 모두 하나님께서 제게 주신 선물임을 믿고, 오직 주님을 위해서만 이 모든 것들을 사용하게 하옵소서. 예수님 이름으로 기도합니다. 아멘."

- 2012년 12월 11일 말씀 묵상

생각하는 질문

• 당신의 삶에서 반복적으로 나타나는 두려움의 주제가 있습니까?
• 당신이 두려워하는 그 시간 동안 하나님께서는 당신에게 어떤 일들을 행하셨습니까?

1.

위대한 걸작은

작은 점

하나에서 시작한다

#우울증 #자존감
#인생의 실패를 경험했을 때

아내의 이야기

내 아내는 조금은 힘든 10대와 20대 시절을 보냈다. 특히 한창 입시 준비에 신경을 써야 할 고등학교 2~3학년 시절은 아내에게 있어 가장 추운 계절이었다. 어머니께서는 갑작스럽게 찾아온 당뇨 합병증으로 힘들어 하셨고, 아버지는 가정의 생계를 위해 타지에서 일을 하시다가 몇 년 뒤 위중한 병에 걸려 그나마 하시던 일을 그만두셔야 했다. 남은 유일한 가족은 오빠였는데, 그런 오빠마저도 군복무 중인 상황이었다. 결국 반지하 방에서 편찮으신 부모님을 돌보는 일은 어린 아내의 일이 되었고 자연스럽게 찾아온 재정적인 어려움도 견뎌야 했다.

당시 아내는 피아노 전공을 목표로 대학 입시를 준비하고 있었다. 하지만 어려운 가정 형편에 레슨비를 낼 수 없어 그마저도 못하게 되었고 혼자 입시를 준비해야 했다. 그러다보니 대학 입시에서 좋은 결과를 받기란 어려운 일이었다. 결국 준비했던 대학 진학에 실패했고, 아내는 원치 않았던 재수를 해야 했다.

재수생 시절을 보내는 동안 아내는 클래식 피아노에서 재즈 피아노로 전향했다. 당시 아내는 서울의 한 대형 교회에서 학생시절부터 오랫동안 교회 찬양팀 반주를 하고 있었는데, 아내의 재능을 알아 본 지인의 조언으로 진로를 바꿔 본 것이다. 하지만 그 또한 쉬운 일이 아니었다. 한국에서 전문가의 도움 없이 재능만으로 학생 혼자 음대 입시를 준비한다는 것이 말이다. 결국 그 해에도 대학 진학이 어려워져서 아내는 삼수생이 되었다. 그리고 그 다음 해에도 마찬가지로 대학 진학에 실패하여 흔치 않은 사수생이 되었다. 그나마 혼자 입시를 준비해서 목표했던 대학의 실용음악과에 거의 붙을 뻔했다는 사실이 남들보기에는 대견할 일이었지만, 어찌되었건 본인이 받아 든 결과는 대학진학 실패였다.

그런 아내에게 있어서 대학은 늘 마음 한 구석 풀리지 않는 응어리와 같았다. 그리고 그것은 주변에 있는 대학 진학에 성공한 이들과의 비교를 통해 더욱 커져만 갔다. 하지만 그 일을 누구와 나눌 수도 없었다. 그리고 해결해 줄 이도 없었다. 그렇게 또 다시 아내는 외롭게 입시를 준비해야 했다. 다행히 그 다음 해에는 모 대학 실용음악과에 입학을 하게 되었다. 그리고 1학년임에도 불구하고 교수님들로부터 많은 칭찬을 받았다. 그렇게 해서 아내가 갖고 있던 인생의 응어리가 풀어지는 것 같았다. 하지만 그것도 한 학기일 뿐……. 아내는 4년 만에 어렵게 들어간 대학을 중도 포기해야 했다. 어려운 가정 형편이 그 이유였다. 당시 처갓집의 상황으로는 비싼 음대 학비를 댈 재간이 없었던 것이다. 그래서 아내는 학교 대신 이곳저곳에 나가 아르바이트를 하며 20대 초반의 시간을 보내야 했다.

상황이 이렇게까지 오다 보니 아내는 '하나님께서 자신이 공부하는 것을 막으시는 것은 아닌가?' 하는 생각을 갖게 되었다. 그리고 그런 생각들은 자신을 향한 하나님의 사랑과 은혜를 완전하게 받아들이지 못하도록 방해하였다. 자신이 원하는 것은 대학 졸업인데, 그것이 번번이 막히다 보니 교회에서 흔히 말하는, 신앙생활을 열심히 하는 사람들에게 주어지는 축복, 은혜, 사랑이라는 단어들이 힘겹게 다가왔다. 그리고 자신이 할 수 있는 일이 아무것도 없다는 생각으로까지 발전하게 되었다. 매일 같이 울었고, 사람들을 만나도 편하지 않았다. 우울증의 시작이었다.

결혼을 하고 난 뒤에도 아내는 한참을 힘들어했다. 그 사이에 두 개의 나라를 이동하며 살았으니 알게 모르게 받은 심적인 스트레스도 아내의 우울증을 심화시켰을 것이다. 또한 아이들 세 명을 양육하면서 자신의 삶이 사라졌다고 느끼는 부분도 아내의 우울증에 많은 영향을 미쳤다. 그래서 이제 더 이상 자신에게는 기회가 없을 것이라는 말을 유독 많이 하곤 했다. 10여 년의 시간 동안 나는 나대로 공황장애 증상 때문에 힘들어 했고, 아내는 아내대로 자신의 우울증으로 인해 힘들어 했던 것이다.

그러나 사실 하나님께서는 그 기간 동안 아내의 삶을 존중하고 지켜가셨다. '코스타(Kosta, 국제 복음주의 학생 운동)'나 '트루 워십퍼스 12(True Worshipers 12)'와 같은 청년 연합집회 등에서 북미 유수의 음악 대학을 나온 전공자들과 함께 활동할 수 있는 기회들을 열어 주신 것이다. 그때에도 매번 자신의 이력이 부끄러워 '저는 대학도 못나오고 교회에서 반주만 했어요'라고 말했지만, 막상 사람들에게는 아내의 반주가 하나님을 향해 마음을 열 수 있도록 도와주는 도구가 되었다.

하지만 그런 사역을 했다고 해서 아내의 우울증이 치료되지는 않았다. 아내의 우울증은 그보다 훨씬 더 뿌리 깊은 곳에서부터 치료가 필요한 것이었기 때문이다. 전문가들의 견해에 따르면, 자신 안에 왜곡된 이야기를 바꿀 수 있도록 전문 상담가들과의 만남도 있어야 했고, 경우에 따라서는 약물 등을 통해 도움을 받는 것도 필요하다고 했다. 나와 아내는 그 모든 것들에 대해서 동의하는 편이다. 그들 또한 하나님께서 세우신 이 시대의 치료자들이기 때문이다. 그들에게 찾아간다고 해서 믿음이 없고 하는 문제는 아니라는 말이다. 그러나 목회자인 우리 부부는 그런 치료들에 더하여 하나님 안에서 이 문제를 어떻게 다뤄야 하는지를 생각하기 시작했다.

토이 스토리: 나는 쓸모없는 존재인가?

PIXAR의 애니메이션인 「토이 스토리」는 우리 가족이 가장 좋아하는 애니메이션 시리즈이다. 3편까지 개봉되었는데(곧 4편도 나온다고 한다), 보통 시리즈물들이 1편에 비해 후속편들의 재미가 떨어지는 것에 반해, 이 '토이 스토리' 시리즈는 3편에 가서도 이전 작품들에 비해 재미가 떨어지거나 하는 것이 없었다. 오히려 3편에 가서는 감동 요소까지 더해졌다. 장난감들의 주인인 '앤디(Andy)'가 자신의 장난감들과 이별하는 그 장면을 꽤나 따뜻하고 가슴 먹먹하게 그려낸 것이다.

그런데 이 '토이 스토리' 시리즈를 보면 모든 편의 스토리에 영향을 주는 공통의 질문이 있다. 그것은 "나는 이제 쓸모없는 존재인가?" 하는 것이다. 새로운 우주 영웅 장난감의 등장으로 오래된 카우보이 장난감이 존재의 위협을 느꼈고, 전 주인으로부터 버림받은 것에 대한 상처를 갖고 있는 장난감이 다른 장난감들에게 우리는 언젠간 버려지게 될 존재라고 주장하자 모든 장난감들은 심각한 위기의식을 느끼고 정상적인 판단을 하지 못하게 되었다.

사실 '토이 스토리'가 보여 주는 그 질문은 오늘날 많은 사람들이 갖고 있는 질문이기도 하다. 내 아내처럼 대학입시에 실패한 학생들에게, 취업에 여러 차례 실패한 청년들에게, 원치 않는 해직이나 은퇴를

어느 겁쟁이 목사의 공황장애 일기

경험한 이들에게 말이다. 하지만 그렇다고 해서 그 질문에 대한 대답이 꼭 부정적이어야 하는가 하는 것은 아니다. 아니, 정확히 말하면, 하나님의 입장에서 그 대답은 결코 부정적일 수 없을 것이다. 아직 우리는 우리 삶이라는 영화의 전편(全篇)을 보지 못했기 때문이다.

욥의 우울함

성경에서 우울했던 한 사람을 찾으라고 한다면, 나는 욥을 추천하고 싶다. 사실 욥기는 당대의 철학적인 사고와 하나님에 대한 그 당시 신앙의 대표적인 견해들을 굉장히 깊이 있게 풀어낸 멋진 성경이다.

그 내용을 보면, 어느 날 당대 의인이라 불리던 욥에게 뜻하지 않은 큰 시련이 닥쳤다. 재산을 다 잃었고, 자녀들도 다 잃었으며 욥의 몸에는 이루 말할 수 없는 고통이 찾아온 것이다. 그 모든 일을 겪은 욥은 크게 당황했다. 그리고 그의 마음속에는 끊임없이 '왜?'라는 질문이 생겼다.

단순히 상황이 좋지 않아서만이 아니었다. 하나님 앞에서 자기 존재에 대한 의심이 찾아왔기에 나온 질문이었다. 그리고 그의 이 질문에 여러 지혜로운 친구들이 달려들어 자신의 철학과 신앙에 기초하여 욥에게 일어났던 일들을 분석하고 욥의 생각을 바꾸려 애를 쓴다. 하지만 친구들의 모든 충고는 욥에게 아무런 도움이 되지 못했다. 오히려 욥은 그들의 이야기를 들을수록 더 깊은 절망과 우울증에 빠지게 되었다. 어느 대답을 통해서도 자기 존재의 의미와 소망을 발견할 수 없었기 때문이다. 그래서 욥은 더욱 강하게 그들에게 항변했다. 그것이 아니라고……

어느 겁쟁이 목사의 공황장애 일기

바로 그때, 하나님께서 등장하셔서 당신의 큰 이야기들을 말씀하셨다. 그리고 그 이야기들을 통해 그동안 인간이 알고 있었다고 믿었던 지혜들이 얼마나 작고 편협한 것인가를 일깨워 주셨다. 이제 욥에게 남은 일은 하나님의 큰 이야기들 안에 자신의 작은 이야기를 맡기는 것이었다. 그렇게 될 때에야 비로소 우리의 이야기도 완전해질 수 있기 때문이다. 그래서 욥기는 욥의 이야기로 시작해서 하나님의 이야기로 마치게 된다.

사람들은 자신들의 작은 이야기 안에 하나님의 큰 이야기를 끌어오려 애를 쓴다. 자신들의 판단에 따라 하나님을 재단하기도 하고, 그분의 계획을 마치 다 알고 있는 것인 양 이야기하기도 한다. 하지만 그런 이야기가 깊어질수록 우리의 삶은 점점 더 미스테리가 될 수 밖에 없다. 거의 다 깨닫고 해결된 것 같았는데, 여전히 알 수 없는 미궁에 빠질 때가 많이 있기 때문이다. 욥과 친구들의 대화도 마찬가지였다. 많은 지혜를 동원하여 이야기한 것 같지만, 하나님의 입장에서는 온전한 결론에 이르지 못한 이야기만 나누고 있었을 뿐이었다. 그렇다면 오늘 우리 삶의 이야기는 어떤가?

하나님의 이야기 안으로 들어가다

한국에 방문했을 때 과거 노숙인들이었던 분들이 머무시는 곳에 찾아갈 일이 있었다. 그곳에서 밭을 일구고 집도 짓고 하면서 자활할 수 있도록 되어 있는 곳이었다. 그곳에서 나는 제주도 출신의 아저씨 한 분이 돌로 계단을 만들고 있는 것을 유심히 보게 되었다. 다들 알고 있는 것처럼, 돌은 벽돌과 달리 그 모양이 제각각이라 그것을 하나하나 맞추기란 여간 어려운 일이 아니다. 그런데 이분은 그것을 가지고 각각의 모양과 면을 따라서 필요에 따라 다듬기도 하고, 때로는 빈자리를 찾아 맞춰 가셨다. 그렇게 얼마간의 시간이 지나니 정말 기가 막히게 멋진 돌계단이 완성되었다.

그 모습을 보며 이런 질문을 해 보았다. 만일 그 작업을 하면서 돌 하나하나에 집착을 했다면, 과연 계획했던 것을 만들 수 있을까? 그렇지 않을 것이다. 일단 그 작업을 하기 위해서는 전체적인 그림이 머릿속에 있어야 한다. 그리고 작업을 하다가 만나는 하나하나의 돌들에 대해 역할들을 부여해야 할 것이다. 그래야만 큰 돌들은 큰 돌들대로, 그보다 작은 돌들은 작은 돌들대로 각자 숙련공의 큰 그림 안에서 자리를 잡아갈 수 있다.

우리의 삶도 마찬가지이다. 모두가 동의하는 것처럼, 우리의 삶은 잘

어느 겁쟁이 목사의 공황장애 일기

만들어진 벽돌과 같이 규격화되어 있지 않다. 어쩌면 우리 삶의 모든 순간들은 각기 다른 모양을 가진 돌들과 같을 것이다. 그러다 보니 우리는 인생을 살아가다가 원치 않는 일을 만날 때도 있고, 때로는 실망스러운 경험들을 할 때도 있다. 하지만 그것이 내 안에서의 문제라고만 생각한다면, 우리는 한없이 우울해지고, 삶에서 만나게 되는 모든 순간들 속에서 의미를 발견할 수 없을 것이다.

나에게 있어서 공황장애가 원치 않았던 모양의 돌이었다면, 아내에게 있어서 우울증 역시 어떻게 해야 할지 알 수 없었던 그런 돌이었다. 우리의 생각에는 그것을 배제한 채 잘 다듬어진 돌들로만 우리 삶을 채우고 싶었지만, 하나님께서는 원치 않은 모양의 돌들 또한 우리 삶에 허락하셨고, 그것들을 통해 당신의 걸작을 만들어 가셨다.

우리는 무엇을 보고 있는가?

훌륭한 영성훈련가인 제임스 브라이언 스미스(James B. Smith) 목
사의 책『선하고 아름다운 하나님』(생명의 말씀사)에 보면 이런 이야
기가 나온다.

한 강연자가 일단의 사업가들을 앞에 놓고 얼룩 한 점이 묻은 흰 종이
한 장을 내밀며 무엇이 보이느냐고 물었다. 모든 사람들이 "얼룩이요!"라
고 대답했다. 그러나 그 질문은 애초부터 잘못된 질문이었다. 왜냐하면,
잘못된 답을 유도했기 때문이다. 역시 인간의 본성에는 은혜를 쉽게 잊어
버리는 경향이 있어서, 눈에 띄는 검은 얼룩만을 보고, 나머지 희고 넓은
부분, 즉 '편만한 은혜'는 잊어버린다.

― 『선하고 아름다운 하나님』 p. 102

제임스 브라이언 스미스 목사의 말처럼, 우리는 우리 삶에 작게 찍혀
있는 검은 점을 발견하는 일에 매우 능숙하다. 하지만 그것보다 더 크
게 우리 삶에 펼쳐진 하나님의 놀라운 은혜들을 발견하는 일에는 인색
한 경향이 많이 있다. 그러다보니 우리는 스스로의 인생에 원치 않았
던 일들이 더 많았다고 괴로워하며, 그 모든 것들을 포괄하시는 하나님

의 걸작을 보는 일에는 관심조차 기울이지 않는다.

돌아보면, 우리 부부가 힘들어하면서 보냈던 시간들 속에는 사실 하나님의 은혜의 흔적들이 많이 새겨져 있었다. 다만 우리가 그 시간 속에서 그것의 의미와 가치들을 제대로 알지 못했을 뿐이다. 하나님께서는 우리 부부에게 목회할 수 있는 자리와 좋은 교인들을 보내 주셨고, 이들과 함께 너무도 행복하게 6년의 시간을, 마치 가족처럼 서로를 돌보며 보냈다. 또한 많은 이들이 우려했던 재정의 문제들도 큰 어려움 없이 주님의 보호하심 아래에 공급받을 수 있었다. 목회의 많은 시행착오가 있었지만, 그것들조차도 하나님의 레슨이라고 느낄 수 있게 하나님은 섬세하게 나를 이끌어 주셨다.

한국에 돌아와서도 마찬가지였다. 눈코 뜰 새 없이 바쁜 사역의 일정으로 힘들어 했었지만, 하나님께서는 그 시간 동안 좋은 담임목사님과 훌륭한 목회의 동역자들을 통해 내게 부족했던 것들을 배울 기회를 주셨다. 또한 나보다 훨씬 더 신실한 청년들과 함께 신앙생활을 하며 이루 말할 수 없는 큰 사랑을 받기도 했다. 한마디로 말하면, 우리 부부는 목회를 하면서 과분하다고 할 만큼 큰 행복을 하나님께로부터 받고 있었다.

분명 아내가 가진 우울증은 자신의 삶을 힘들게 하는 일종의 검은 점임에는 분명하다. 하지만 아내의 삶을 들여다보면 우울증만 갖고 있는 것은 또한 아니었다. 아내에게는 그보다 더 많은 멋진 은혜의 점과 획들이 있었고, 이를 통해 우울증이라는 검은 점마저도 위대한 걸작의 한 부분으로 만들 수 있게 되었다. 결국 중요한 것은 우리가 무엇을 더 많이 보고 있는가 하는 것이다.

"아직 상황 끝나지 않았어!"

주님의 천사가 아비에셀 사람 요아스의 땅 오브라에 있는 상수 리나무 아래에 와서 앉았다. 그 때에 요아스의 아들 기드온은, 미디안 사람들에게 들키지 않으려고, 포도주 틀에서 몰래 밀 이삭을 타작하고 있었다. 주님의 천사가 그에게 나타나서 "힘센 장사야, 주님께서 너와 함께 계신다" 하고 말하였다. 그러자 기 드온이 그에게 되물었다. "감히 여쭙습니다만, 주님께서 우리 와 함께 계신다면, 어째서 우리가 이 모든 어려움을 겪습니까? 우리 조상이 우리에게, 주님께서 놀라운 기적을 일으키시어 우리 백성을 이집트에서 인도해 내셨다고 말하였는데, 그 모든 기적들이 다 어디에 있단 말입니까? 지금은 주님께서 우리를 버 리시기까지 하셔서, 우리가 미디안 사람의 손아귀에 넘어가고 말았습니다."(삿 6:11~13, 새번역)

자신들을 쳐들어온 미디안 사람들이 두려워 몰래 포도주 틀에서 밀

이삭을 타작하던 기드온에게 주님의 천사가 나타나서 벼락같은 말을 던진다. "주님께서 너와 함께 계신다."

그런데 이 말을 들은 기드온은 자세를 낮춰 그 말씀을 받아들이는 것이 아니라 오히려 이렇게 되묻는다. "주님께서 함께하신다고요? 그런데 왜 우린 이렇게 힘들지요?"

사역을 하다보면 어려움에 빠진 이들을 상담할 때가 많이 있다. 그리고 그들 대부분에게 이렇게 격려의 말을 건넨다. "하나님이 함께하실 겁니다. 같이 기도하지요."

하지만 사실 그 말을 건네면서도 내 안에 드는 질문은 오늘 기드온의 질문과 같았다. '하나님이 함께하시는데 왜 이들이 어려움을 겪어야 합니까?' 그 모든 것이 막연했고 답이 보이지 않았기 때문이다.

그런데 오늘 말씀을 묵상하며 이런 작은 깨달음이 다가온다. "아직 상황 끝나지 않았어!"

그렇다! 우리가 어려운 상황 가운데에서 절망하는 가장 큰 이유는 상황이 어려워서라기 보다는 이 모든 것이 끝났다고 생각하기 때문이다. 그러나 하나님이 우리와 함께 계신다는 말의 의미는 '이제부터가 시작이야!'라는 의미이다. 마치 더 이상 해결할 수 없는 죄로 인해 절망하던 우리에게 예수님이 오셔서 우리와 함께하심으로 새로운 역사가 시작된 것처럼 말이다.

오늘 하나님과의 이 대화는 기드온에게도 '새로운 시작점'이었다. 숨어 지내야만 했던 인생, 남들 앞에 보잘것없던 사람, 이스라엘 백성들 안에 만연했던 패배주의에 물든 그가 자신과 함께하시는 하나님을 통해 새로운 희망을 보게 될 테니 말이다. 그리고 우리도 마찬가지로 우리와 함께하시는 하나님을 통해 새로운 이야기들을 써 나가야 한다. 아직 상황은 끝나지 않았으니까…….

"언제나 우리 삶에서 우리와 함께하시고 이끄시는 하나님을 찬양합니다. 그리고 하나님을 통해 우리의 희망을 발견합니다. 어려운 상황이 오더라도 절망하지 않게 하시고 하나님께서 함께하시니 아직 상황이 끝나지 않았다고 외치며 일어서게 하옵소서. 예수님 이름으로 기도합니다. 아멘."

- 2013년 9월 12일 말씀 묵상

어느 겁쟁이 목사의 공황장애 일기

생각하는 질문

- 당신의 삶을 우울하게 하거나 힘들게 하는 검은 점은 무엇입니까?
- 당신이 힘들어하는 그 일에 대해 당신은 누군가와 허심탄회하게 나눌 수 있습니까?
- 혹 위의 질문에 답을 하기 어렵다고 느껴도 괜찮습니다. 당신이 멈춰 있는 것 같다고 느끼는 그 시간 속에서도 하나님께서는 당신을 위한 걸작을 그려가고 계실 것입니다. 힘을 내십시오.

8.

우리의 아픔으로
- - - - - - - - - - - - - - - - -
서로를
- - - - - - - - -
위로할 수 있다
- - - - - - - - - - - -

#동병상련 #연약함
#주님께서 우리를 이해하신다

🌿 나와 같은 아픔을 겪는 사람들 🌿

내가 공황장애를 갖고 있다는 사실을 알고난 지 얼마 뒤, 퇴근하고 집에서 쉬고 있는데 갑자기 교회 청년으로부터 연락이 왔다.

"전도사님, 몸이 이상해서 연락드렸어요."

당시 나도 젊었지만 그도 아직 한창 젊은 청년이었는데, 순간 불안한 마음이 들어 무슨 일이냐고 서둘러 물었다. 웬만해서는 남에게 아쉬운 소리하지 않던 청년이었고, 늘 교회 오면 밝게 웃던 청년이라 더욱 그랬다. 내용을 들어 보니, 전날 차를 운전해서 가고 있는데 갑자기 폭우가 쏟아졌고, 길도 꽉 막혀 있는 상황에서 갑자기 죽을 것 같은 느낌이 들었다고 했다. 비가 억수로 쏟아지는 상황이라 밖으로 나갈 수는 없고, 그렇다고 차 안에 계속 있기는 너무 힘들어서 어떻게 해야 할지 몰랐노라고 이야기를 털어놨다. 그리고 그 기억으로 인해 오늘 하루도 힘들었다고 했다.

이야기를 듣고 나니 나의 경험과 비슷했다. 하지만 그렇다고 해서 내가 의사도 아닌 마당에 '공황장애' 운운할 수는 없었다. 그 이후 가끔씩 안부를 확인하며 증상에 대해 물어볼 뿐이었다. 예상한 대로 '공황장

어느 겁쟁이 목사의 공황장애 일기

애'를 경험한 것이었다. 그리고 나처럼 그 기억으로 인해 일상생활이 위축된 상황이었다.

얼마 뒤 이 청년은 한국으로 출장을 다녀왔다. 그리고 한국에 간 김에 공황장애 전문 치료 병원을 방문해서 진단을 받고 적절한 처방도 받아 왔다. 자연스레 이 청년을 위해서는 다른 그 누구보다 신경 써서 기도를 하게 되었다. '동병상련'이란 말이 바로 이럴 때 쓰이는 말인가 보다. 나도 같은 증상을 앓고 있으니 내가 공황발작 증세가 나타날 때마다 형제님을 위해서도 기도하겠다고 약속했다.

몇 년 전부터 TV에 나오는 연예인들이나 유명인들 중에 공황장애를 가진 이들의 이야기가 많이 나오기 시작했다. 여러 예능 프로그램에서 버럭버럭 화를 내는 캐릭터를 가진 개그맨부터, 터프함에 있어서 둘째 가라면 서러울 만한 가수, 영화 속에서 웃음 주는 역할을 담당하며 늘 밝은 모습을 보여 줬던 영화배우 등 전혀 그렇게 보이지 않는 많은 이들이 자신이 공황장애를 앓고 있다고 밝혔다. 그리고 이런 이들로 인해 일반인들에게 공황장애란 유명인들이 걸리는 '연예인병'이라는 호칭도 얻게 되었다.

그러나 사실 말을 안 해서 그렇지, 일반인들 중에도 꽤 많은 이들이 이 공황장애 증상으로 괴로워하고 있다. 내가 공황장애 전문 치료병원에 처음 찾아갔을 때, 나는 병원 대기실에 있는 사람들을 보고는 깜짝 놀랐다. 오전시간임에도 이미 꽤 많은 사람들이 들어와서 진료를 기다리고 있었던 것이다. 나는 그제서야 이 병이 나만 갖고 있는 희귀한 병이 아니라는 사실을 알았다. 덕분에 용기도 생기고 위로도 받았던 것도 사실이다. 이름 모를 동지가 생긴 기분이랄까?

 공황장애는 겪어 보지 않은 사람은 이해하기 어려운 병이다. 그 병을 앓고 있는 사람조차 이해하고 받아들이기 힘든 병이니 오죽하겠는가? 물론 이 병으로 죽는 일은 없으니 일반 사람들의 입장에서는 암이나 심장질환과 같은 위중한 병이 아니라고도 생각할 수 있다. 하지만 일상생활을 어렵게 하고 아주 간단한 사회 활동마저도 힘들게 한다는 점에서는 결코 가볍게 볼 수 없는 병이기도 하다. 그래서 전문가들은 공황장애를 갖고 있는 사람은 자신의 상태에 대해 밝히는 것이 필요하고, 주변의 사람들은 그것을 받아 주려는 마음이 있어야 한다고 말한다.

 나는 개인적으로 공황장애가 있다는 것을 굳이 감추려 하지 않는 사람 중에 하나이다. 혹 내가 만나는 누군가가 나와 같은 마음의 병으로 고민하고 있다면, 나의 아픔이 그에게 위로가 될지도 모른다는 생각에서이다. 그리고 정말 그렇게 하다 보니 내 주위에 생각보다 많은 이들이 나와 같은 병으로 고생을 하고 있다는 사실을 알게 되었다. 내가 목회하던 교회 청년의 어머니, 이웃 교회 청년, Kosta에서 만난 강사님, 또 여러 성도님들……. 많은 이들이 나와 같은 병으로 인해 두려움과 삶의 위축됨을 경험하고 있었다. 그런데 이런 병을 갖고 있는 이들끼리 만나면 적어도 그 순간만큼은 서로에게 위로가 되고 용기가 된다. 나 혼자만의 문제가 아니었다는 사실을 깨닫기 때문이다.

어느 겁쟁이 목사의 공황장애 일기

❧ 주님도 괴로워하셨다 ❧

　어느 날 새벽기도 중에 개인적으로 공황장애 치료를 위해 기도를 하고 있었다. 그러다 갑자기 겟세마네 동산에서 하셨던 예수님의 기도 장면이 생각났다.

> 예수께서는 매우 놀라며 괴로워하기 시작하셨다. 그래서 그들에게 말씀하셨다. "내 마음이 근심에 싸여 죽을 지경이다. 너희는 여기에 머물러서 깨어 있어라."(막 14: 33b~34, 새번역)

　마가복음 14장에서 기록하는 예수님의 당시 심리상태는 '두려움', '슬픔', '근심', '죽을 것 같은 마음'이었다. 사실 예수님의 이런 모습은 우리가 알고 있는 그분의 이미지와 다르게 느껴진다. 오히려 "예수님께서 그런 상황에서도 담대하게 믿음으로 선포하시며 기도하셨다"고 하는 것이 우리가 아는 그분의 이미지와 잘 어울릴 것 같다. 그런데 제자들이 기억하는 겟세마네 동산에서의 예수님은 마치 연약한 우리처럼 두려워하기도 하셨고, 슬퍼하기도 하셨고, 근심도 하셨다. 제자들이 감히 예수님의 신성을 모독한 것일까? 그렇지 않다. 적어도 내게는 이 말씀이 큰 위로가 되었다. 그분도 내가 힘들어하는 것처럼 인간의 연약한 감정을 경험하셨다는 사실이 말이다.

우리는 믿음을 이야기할 때 높은 위치에서 고압적인 자세로 누르듯이 이야기하는 잘못을 저지를 때가 많이 있다. 그래서 소위 믿음이 강하다고 말하는 이들일수록 공감능력이 떨어지는 경우도 볼 수 있다. 자녀들의 문제를 털어봐도, 재정의 어려움을 이야기할 때도, 건강의 문제로 아파할 때도 믿음에 대해 잘못 알고 있는 이들은 마치 우리가 믿음이 없어서 해결받지 못하는 것이라고 조언하기도 한다. 실제로 내가 아는 어떤 이도 자신이 가진 문제가 해결되지 않은 것이 자기가 믿음이 부족하기 때문에 하나님께서 해결해 주시지 않는 게 아닌가 생각하며 오랫동안 낙담했던 적이 있다고 했다. 잘못된 믿음에 대한 인식과 교육이 낳은 안타까운 일들이다.

만일 하나님에 대한 믿음이 특별한 수행이나 인간의 투자를 통해 나타나는 것이라면, 위와 같이 생각을 해도 틀리진 않을 것이다. 그러나 우리가 가져야 하는 믿음은 인간의 편에서 이뤄진 것이 아니라, 하나님의 편에서 이뤄졌음을 우린 깨달아야 한다. 이것이 타종교의 신앙과 기독교 신앙의 큰 차이 중의 하나이다. 우리가 알고 있는 성경의 이야기들을 돌아보면, 에덴의 이야기에서도, 노아의 이야기에서도, 아브라함의 이야기에서도, 출애굽의 이야기에서도, 기드온을 부르셨을 때에도, 바벨론 포로기 때에도 인간의 자격이 하나님을 움직이시도록 했던 것은 아니었다. 오직 하나님께서 우리와 함께하심으로 구원의 이야기가 시작되었다. 그리고 그 모든 이야기들의 절정은 예수님의 삶을 통해 나타났다.

보라 처녀가 잉태하여 아들을 낳을 것이요 그의 이름은 임마누엘이라 하리라 하셨으니 이를 번역한즉 하나님이 우리와 함께 계시다 함이라(마 1:23)

내게 있어 하나님께서 우리와 함께하신다는 이야기는 우리의 겉모습만이 아니라, 우리의 내면 깊은 곳, 즉 우리의 감정과 정신적인 연약함과 두려움 속에도 주님이 함께하신다는 말과 같다. 나는 그런 하나님을 믿고 있다. 연약하다고 내치지 않으시고, 나의 겁 많고 연약한 그 삶을 인도하시는 하나님……. 그래서 나는 주님께서 가장 연약하신 모습으로 우리에게 구원의 역사를 이루셨다는 사실이 날마다 감격스럽고 감사하다.

20대 시절, 나는 나의 강함을 자랑하며 세상을 살았다. 하지만 이제는 나의 연약함을 통해 세상을 살고 싶다. 주님께서 인간의 연약함을 경험하시고 공감하셨듯이, 나도 나와 같은 마음의 병으로 힘들어 하는 이들을 격려함으로 주님의 뜻을 이뤄 가고자 한다.

우리의 대제사장은 우리의 연약함을 동정하지 못하시는 분이 아닙니다. 그는 모든 점에서 우리와 마찬가지로 시험을 받으셨지만, 죄는 없으십니다.(히 4:15, 새번역)

"저는 아픈 사람들이 그렇게 많은 걸 처음 봤어요. 무수한 사람들의 고통과 대면하게 되니, 더 이상 기적을 바라지 않게 되더군요. 저만 예외가 되고 싶지 않았어요. 이 상처받은 사람들 중 하나가 되어 그 가운데 속하고 싶은 바람이 마음 깊은 곳에서 우러나왔어요. 그래서 병을 고쳐달라고 기도하는 대신 그 사람들과 일치를 이룸으로써 이 병을 견딜 수 있는 은총을 간구했지요."

『죽음, 가장 큰 선물』에 나오는 헨리 나우웬의 친구의 고백

"당신의 인생도 해피 엔딩!"

> 하나님이 그들에게 복을 베푸셨다. 하나님이 그들에게 말씀하
> 시기를 "생육하고 번성하여 땅에 충만하여라. 땅을 정복하여
> 라. 바다의 고기와 공중의 새와 땅 위에서 살아 움직이는 모
> 든 생물을 다스려라" 하셨다.(창 1:28, 새번역)

하나님은 우리를 축복하길 원하신다.

당신의 형상을 따라 사람을 창조하신 하나님은 사람들이 이 땅 가운데 살면서 행복하길 원하셨다. 그러하셨기에 인간에게 에덴동산의 관리원으로서의 역할만이 아니라, 정말 하나님의 축복을 누리는 역할도 맡기신 것이다.

물론 우리의 인생 가운데 고난과 어려움, 때론 훈련의 기간을 지날 때가 있다. 그러나 그 모든 것들은 우리가 하나님의 축복을 누리도록 돕는 시간들일 뿐, 그것이 우리 인생의 종착점은 아니다. 하나님께서

계획하시는 우리 인생의 종착점은 오직 '해피 엔딩(Happy Ending)'뿐이다.

출애굽을 했던 이스라엘 백성들의 삶도 그렇지 않았는가? 이들의 종착점은 광야가 아니었다. 비록 그곳에서 40년 동안 이동하며 살았지만, 하나님께서 이들에게 약속하셨던 종착점은 '젖과 꿀이 흐르는' 가나안 땅이었다. 그리고 하나님은 결코 그들에게 약속하셨던 축복을 잊지 않고 이뤄주셨다.

이 시간, 광야를 지나고 있는 자들이 있다면 그것에 너무 실망하지 않길 권면한다. 당신이 어느 곳에 있건, 하나님은 당신을 격려하길 원하시고 해피 엔딩으로 이끌기 원하신다. 또한 지금 내 주변에 뭔가가 풀리지 않아 마음이 어려운 이들이 있다면, 주님의 마음으로 축복하고 격려해 주었으면 좋겠다. 아무리 위기가 찾아오더라도 주님과 함께라면, 우리 인생의 결말은 해피 엔딩일테니까……

"저의 상황 가운데에서 힘들고 어려울지라도 포기하지 않을 수 있는 유일한 이유는 하나님께서 저를 축복하길 원하신다는 사실 때문입니다. 삶의 아픔들과 어려움 속에서 좌절하지 않게 하시고 주님의 축복의 약속을 믿으며 견디고 승리할 수 있도록 인도하옵소서. 우리의 모든 시작과 결말을 다 아시는 하나님, 주님께서 이끄시는 그 길을 따라 걸으며, 날마다 주님의 축복을 경험하게 하옵소서. 예수님 이름으로 기도합니다. 아멘."

- 2013년 1월 3일 아침 묵상

생각하는 질문

- 당신의 곁에는 아픔을 갖고 있거나 큰 문제를 갖고 있는 이들이 있습니까?
- 당신도 그런 이웃들에게 당신이 갖고 있는 삶의 문제나 아픔을 나눠 주실 수 있습니까?
- 아픔을 나눌 때에는 단순히 아픔을 나누는 것만으로 그치지 마시고, 주님께서 함께하심을 믿는 마음으로 격려해 주시기를 부탁드립니다.

개인적으로 이 책을 집필하며 많이 힘들었다. 글을 쓰기가 힘들었다기보다는, 내 안에 감춰 두고 묻어 두었던 공황의 기억들을 다시 끄집어낸다는 것이 내게 있어 고통이었다. 활주로를 달리는 비행기를 멈췄던 그날, 죽을 것 같은 느낌을 경험했던 그 순간으로 다시 돌아가는 일, 터널 앞에서 두려워하며 멈춰 있는 나를 만나는 일⋯⋯. 이미 10년 가까이 지나 충분히 무뎌진 줄 알았지만, 막상 그 기억을 꺼내 보니 마치 어제 일어났던 일처럼 생생했고, 그때 느꼈던 불안함과 두려움의 감정 또한 변함이 없었다. 여전히 내 안의 자아는 겁에 잔뜩 질린 채 공황의 동굴 안에서 떨고 있었던 것이다.

이 글을 쓰며 그런 내 안의 '동굴 사람'을 공황의 동굴 밖으로 이끌어 내고 싶었다. 내가 잘못해서도 아니고, 누구보다 열심히 살려다가 갖게 된 이 질병이니 오히려 격려해 주는 것이 마땅하다 생각되었기 때문이다. 그렇게 생각이 들자 더 이상 움츠러들 필요가 없었다. 숨길 이유는 더욱 없었다. 내 인생에 허락된 일이고 지나가야 하는 시간이라면, 차라리 나와 같은 마음의 병을 안고 있는 이들을 격려하는 것이 지

　　　　　　　　　　　　　어느 겁쟁이 목사의 공황장애 일기

금 내게 주어진 사명이 아닌가 하는 생각이 들었다. 그래서 이 글을 마무리할 수 있었고, 부족한 재능이지만 유튜브(Youtube) 채널을 이용해 공황장애에 대한 일반인들의 이해를 높이고 공항장애 환자들을 격려하는 방송도 시작하게 되었다.

이미 책을 읽은 분들을 알겠지만, 이 책은 공황장애 극복기가 아니다. 여전히 내 안에는 이겨낸 경험과 이겨내야 할 경험들이 공존하고 있다. 물론 나도 성경에 나오는 많은 병자들의 이야기처럼 예수님을 통해 '단번에' 고침 받고 싶은 마음이 있다. 그리고 예수님은 충분히 그러실 수 있는 분임을 믿는다. 하지만 내 마음 한켠에는 내가 매일 매 순간 주님과 동행하며 '공황의 골짜기'를 지나가는 것 역시 예수님의 치유의 기적이라는 믿음이 있다. 실제로 나는 지난주에 대학원 수업을 마치고 돌아오며 10개나 되는 터널을 지나왔다. 그리고 이제 또 다른 터널들을 정복(?)하겠다는 용기도 생겼다. 우스워 보이겠지만 적어도 나에게 있어 이것은 중풍병자가 자기 침상을 들고 걸어가는 기적이며, 앉은뱅이가 일어서는 기적과도 같은 것이었다. 지난 몇 달 동안 잔뜩 웅크리고 있던 나의 삶이 펴진 것이니 말이다.

어쩌면 우리는 주님께서 우리에게 주시는 기적에 대해 일회적인 일로만 치부하지는 않는지 생각해 볼 필요가 있다. 그리고 그런 생각에 사로잡혀 있을수록 자기 믿음에 대한 의심과 하나님의 은혜에 대한 오해들이 많아질 수 있다. 하나님께서는 매순간 우리를 만나길 원하신다. 한 번의 구름기둥과 불기둥이 아니라 매일 그분의 인도하심 속에 살아가도록 우리가 지음받았기 때문이다.

홍해가 갈라진 기적도 마찬가지이다. 우리는 그것이 성경에 한 번 기록된 사건으로 이해하지만, 사실 우리의 삶은 매일 거짓과 욕망으로부터 출애굽하여 하나님의 땅으로 가는 여정이라고 할 수 있다. 그리고 그 과정에서 우리는 홍해가 갈라지듯 주님의 십자가를 통하여 우리 삶이 죄악으로부터 분리되는 것을 날마다 경험해야 한다. 즉, 우리는 매일 주님의 기적과 은혜가 필요한 존재라는 말이다.

나는 우리에게 매 순간 주님이 필요하고, 매일 주님과 동행해야 한다는 사실이 감사하다. 아니, 정확히 말하면, 주님께서 그런 우리를 위해 날마다 우리와 함께하신다는 사실에 감사하다고 해야 맞을 것이다. 그분으로 인해 나는 공황의 골짜기를 지나는 동안 한 번도 혼자라는 생각을 하지 않았다. 오히려 공황 상태가 올 때마다 더욱 나와 함께하시는 주님을 붙잡으며 지난 10년의 시간을 살아왔다. 어쩌면 이 또한 나의 삶에 일어난 은혜이고 기적이 아닐까 생각한다.

마찬가지로, 우리 삶에서 기적의 현장은 그리 멀지 않은 데 있음을 잊지 말아야 한다. 당신이 지금 아프다면, 혹 두렵다면, 바로 그 자리가 주님의 만지심이 시작되는 기적의 현장이 될테니 말이다. 나는 우리 모두가 그런 믿음을 갖고 우리에게 주신 모든 순간들을 주님과 동행하며 살아가길 소망한다.

어느 겁쟁이 목사의 공황장애 일기

어느 겁쟁이 목사의
공황장애 일기

ⓒ 김대완, 2019

초판 1쇄 발행 2019년 7월 19일
2쇄 발행 2022년 6월 20일

지은이   김대완
펴낸이   이기봉
편집   좋은땅 편집팀
펴낸곳   도서출판 좋은땅
주소   서울특별시 마포구 양화로12길 26 지월드빌딩 (서교동 395-7)
전화   02)374-8616~7
팩스   02)374-8614
이메일   gworldbook@naver.com
홈페이지   www.g-world.co.kr

ISBN   979-11-6435-462-7 (03810)

이 도서의 국립중앙도서관 출판예정도서목록(CIP)은 서지정보유통지원시스템 홈페이지(http://seoji.nl.go.kr)와 국가자료공동목록시스템(http://www.nl.go.kr/kolisnet)에서 이용하실 수 있습니다. (CIP제어번호 : CIP2019025994)